铸艺

韩丽 著

中国文史出版社

目　　录

散缀情思

戏说人生

序　言

捧读《铸艺》书稿时，我不仅看到了作者的才华，更看到了一个文学青年的热情和努力。那些鲜活的文字，仿佛长了脚、长了腿，蹦蹦跳跳一路向前，走过城市，走过村庄，走过溪流，走过密林，走向月亮升起的地方，走进你的内心深处。

作者自谦说自己写的是下水文，下水是从目的和方式角度说的，而文字本身证明这并非应试作文，更何况很多题目是文学社创作活动的下水文。只要有文心在，下水文依然是文学。

为人师者，当言传而身教。教师的境界、素养、情怀，对学生的影响是深刻而恒久的。所以，教师的高度决定了学生的起点，教师的底蕴决定了学生的素养。写作能力是语文教师必备的素质之一。"劳于读书，逸于作文"，如果语文教师平时多练笔，在指导学生作文时，能写出一篇高质量的范文，就可以帮助学生克服"畏文如虎"的恐惧心理，学生通过接触高文学修养的教师，在耳濡目染、潜移默化之下，学生的文学修养水平也会在一定程度上得到提升，更有效地学习写作。同时，教师只有平时多动笔，才能对写作的甘苦有真切的体察，才能更准确地指导学生作文。事实上，语文教师写作水平高，只会让学生更加钦敬自己的老师，自己的讲解指导也更容易深入学生的内心。有人说，学生"亲"其师而信其道。我想说，学生"钦"其师而信其道。

文学和语文固然不能画等号，但是文学虽然不是语文的全部，至少是语文的大部。严格地说，作为语文老师，能写会写并不值得炫耀，因为写作不是语文老师的"天分"，而是"本分"。语文教学应该是审美的，有"临风把酒，壮思逸兴"的豪迈；语文教学应该是充满智慧的，有"天光云影共徘徊"的多彩；语文教学应该是宽容的，有开放的、民主的、人本的特色。从这个角度说，要求语文老师能写出好文章，不算是苛求。语文老师需要自觉地坚持练笔，创作美文，保有一颗纯净的文心。位置不只决定你的高度，也决定了你的方向。

作者走上文学之路，有师长的教诲，有生活的激发，更有工作的需要。课堂上一双双对写作迷惘的眼睛，文学社团学生燃烧的热情，都促使作者在教学工作之余，必须不停地练笔，丝毫偷不得懒。因为这是一份责任，沉甸甸的责任。写作不是一件易事，尤其是下水文都是命题作文，是创作者最为反感的写作形式，人人避之唯恐不及。而本书作者从学生需求出发，迎难而上，坚持不懈，十几年下来，积下了厚厚的底稿，更积下了深深的生活记录。其间一定有过望而却步的犹豫、欲罢不能的纠结，几曾"为伊消得人憔悴"，终于等来陌上花开。作者给自己的文集命名为"铸艺"，除了表达自己的坚守初心、笃行不息之外，我想一定还含有"个中甘苦，唯有自知"的意味吧？

我以为，作者的"铸艺"，也从一个侧面反映了校园文化对校园文学的支撑与促动。人们常说"潞河是一块文学的沃土"，我深以为然。潞河中学有一百五十五年的建校史。一百五十五年的风霜雨雪，一百五十五年的踔厉奋发，这里有可歌可泣的红色史诗，也有引以为傲的教育辉煌。这里走出过数十名将军和院士，也有过轰动文坛的传奇。著名作家刘绍棠，在潞河中学读高二时就发表了他的第一篇作品《青枝绿叶》，第二年就被收入高中语文课本，这个轰动文坛的故事就发生在潞河校园，足以鼓舞潞河人的文学创作热情。潞河丰厚的历史文化背景为创作者们提供了丰富的文化土壤，潞河的古木、青砖、碧水、白鹅为创作者提供了丰富的心灵滋养。近十年来，潞河师生呈现空前的文学创作热潮，开创了文学教育的大好局面。

潞河中学语文教研室一向重视文学教育。文学课堂、文学社团、作文大赛、图书馆自由阅读等特色文学活动开展得有声有色，营造了良好的文学创作氛围；以全国作文大赛屡屡获奖、高考满分作文层见叠出、学生作品频频见诸报刊和出版、多名语文教师的十几部著作先后出版等为标志的文学教育成果硕果累累。

值此潞河中学建校一百五十五年之际，韩丽老师以文集《铸艺》结集出版，既彰显了潞河人的文学素养，又是对潞河校庆最好的献礼，可喜可贺，特作此序。

徐牛

2022 年 5 月于潞园

叙议之间

Xu Yi Zhi Jian

迷惘少年

十五岁那年，我上高一，那是怎样的一段日子啊？小伙伴们都不在我身边了，他们或工作或上技校，只有我，选择到陌生的学校读高中，挺孤独的。为什么要读书呢？那是我在几个夜晚的思考之后做出的决定。夏夜，躺在阁楼顶上，黑蓝的夜空布满繁星，无垠天幕下，我渺小得几乎感知不到自己，许多事情并不像北斗星那样有着清晰的方向。我成绩不算很好，大学是少数人才能挤过的独木桥，考进大学显得那么高不可攀。工作？我并不想像那些学习很差的同学那样。老师说我是个"聪明豆"，不读书有点儿可惜。那就读书吧，虽然我还并不能清楚地想明白为什么去读书。

我的高中生活基本上是这样度过的——

一觉睡到六点，发现"双星明"眼药水没滴。滴入眼睛，十多分钟后瞳孔会放大，而这时我正在吃早饭，云中看花水中望月啊，夹到什么吃什么。然后，就开始我朦朦胧胧的上学路。清楚地记得，有次我的自行车撞上了人家的小汽车尾部，那是因为，我根本没发觉小汽车因前方道路不畅停车了，而我还在一路狂蹬。那叫一个惨啊——人仰马翻，路人有的狂笑有的关心，唉！这孩子真是"不长眼睛"。每天我都是不到最后的时刻不出家门，不狂蹬自行车哪行呢？那个时段药效正在"发威"，药水会让眼睛在一个小时内进行瞳孔收缩运动，调节视力，从而治疗假性近视。这本该在睡觉前滴入的眼药水，又因为我晚上总是太困倦，看书看书，结果看进了梦乡而忘记滴入。

所以，我的一天基本上都是在朦胧中开始的。

当我气喘吁吁地跑进教室，我一天的学习生活也就正式开始了。学习的时候可不能马虎，咱学习不好啊，问题太多啊，有啥理由不向老师虚心学习呢？只可惜，我的眼睛要到第二节课才能恢复视力。第一节课，可能会出现这样的情景："某某，你来回答这个问题。"我拼命地揉按眼睛看黑板，身体前倾，做凝神苦思状，就是不吭声。鉴于我的困窘状，老师会善心大发："先坐下来仔细思考，我们请别的同学看看，有没有谁考虑好了？"多谢老师的善意，我就能坐下来学习了。课上仔细听师生发言，课下补抄同学笔记，基本上也能整理明白。只是，我那学校生活也真是浑浑噩噩的户外游。

那时最喜欢周末。我会把自己的小屋清理得整整齐齐，干干净净，然后任由喜爱的音乐飘浮在空气里，人也是轻飘飘的。最最喜欢傍晚时分，从窗户射进来的阳光，不像早晨那样清新刺鼻，不像中午那样直白无意，而是绵绵的、柔柔的。你还可以看到光柱里随意飘浮的尘埃，它们是我的舞精灵。十五岁的我，地板上，柔光下，品读着自己喜爱的图书……在那个时刻的我是最清醒的，一周的经历也常像放电影般地晃过：那个总低着头从人前走过的小姑娘，她在寻找什么？读书学习、朋友嬉闹、父母唠叨……这些都没有了，只有一个快要长大却还没长大的性情不定的小姑娘，她在徘徊，在

4

困惑，可是自己的路只能自己走下去啊。

十五岁，我正上高一，没有什么雄心壮志，安好地度过每一天，没有辉煌高考战绩的奢望，静静地迈进每一步。十五六岁，对人生，我们还难以想象太多，但我知道，做好今天，自己就快乐了，快乐生活每一天，这就够了。

2008. 3. 13

让平等的光芒普照世界

平等，是每个人希望在这个世界上可以享受到的权利，像享受阳光雨露一样，还有自由、幸福。而实际上，在不同历史时期，在许多方面，人与人是不平等的，也正因为如此，我们努力让平等最大程度地实现。回顾人类在追求平等之路上的不懈奋斗，我们也许可以找到前行之路上的精神支柱。

20世纪初，中国有一场五四新文化运动，男女平等的思想影响中国青年。《家》中有一个女子"琴"，做了许多件相较封建女子而言是破天荒的事情，比如进学堂读书，进男女同校的学堂读书。中国旧式女子是大门不出二门不迈的，走出家门，走进学堂，走进社会，那是男子才能享受的权利。然而，琴冲破了封建思想的禁锢，一次次与母亲争论，争取享有与男子同样的权利，而她的努力，让她的追求变成了现实。在男女平等这条路上，千千万万中国新式女性不懈努力与抗争，于是有了今日中国的男女平等，许多女子参与到社会活动各个层面。

在人类文明进程中，不仅仅有"男女平等"的要求，还有"种族平等"的呼声。还记得20世纪60年代的马丁·路德·金吗，他领导美国黑人民权运动，一生三次被捕，三次被判刑，最后以生命祭奠种族斗争。可正是因为他的努力，黑人享有了像白人一样坐到公交座位上的权利，美国国会宣布在公营场所、就业方面的种族歧视为非法。今日美国，种族平等已有很大改善。如果没有许许多多像马丁·路德·金一样，为种族平等矢志不移、努力奋斗的人，这一切，绝对不可能。

从古至今，发生过"男女平等""种族平等""阶级平等""阶层平等"等等不同方面的种种斗争，那些伟大的平等斗士，为了人权的普及，为了人类更美好的生活状态，努力着，抗争着，不惜以自己的安稳生活、锦衣玉食，甚至是宝贵生命为代价，正因为他们的努力，今天的社会，文明程度已经大幅度提高，"平等"的幸福也为更多的人所享受。

已有的历史告诉我们，文明是人类社会发展的美丽之花，只有我们心中有梦，坚持不懈，努力不止，那美好的生活才能离我们越来越近，而作为文明标志之一的"平等"也终将会最大程度地降临人间。

2016.12.6

快乐是什么

先讲三个故事。

第一个是渔夫与富翁的故事。富翁劝渔夫多打几船鱼，多挣一些钱，盖间大房子，然后躺在沙滩上晒太阳；渔夫说自己现在已经能在沙滩上晒太阳了啊。渔夫是快乐的，他满足于现有的生活，清闲、阳光就是足以让他快乐的一切。

第二个故事是关于一个伐木工人的。据说，他住在都市，每天奔赴森林伐木，以伐木所得维持他在都市的租房生活。他喜欢都市的车水马龙、灯红酒绿，他不喜欢森林的阴森与寂寥。这个人，快乐只在他置身都市时的瞬间，而他那疲于奔命的劳碌越来越唤起他生活的痛苦感。这个人痛苦多于快乐，甚至可以说，是不快乐的。他的欲望与他的现实之间有道巨大的鸿沟，他享受不了森林的宁静与清新，他渴望都市的繁华与热闹，他的生命永远处于一种撕扯的状态，怎能不痛苦？

第三个故事是关于我的一个同事的。他是永乐店中学的老师。大学毕业后，找工作来到了永乐店中学，到了那样一个远离北京市的地方。听说，有的老师在那儿上班在通州城区买房，每天开车去上班，来去匆忙。而他，就住在学校附近，听说还有一个院子，每天除了教书，还可以侍花弄草。朝晖夕阴下，你可以看到他伴着斜映的暖阳上班下班。我们很佩服他，因为我们很多人像那个伐木工人一样被都市诱惑着，疲于奔命；而他却可以不管外界纷纭，静静地做自己的事，享受自己的安宁与快乐。

讲了三个故事，是想让大家从这三个人的欲望与现实中，发现快乐的身影。早在20世纪40年代，美国心理学家马斯洛提出了人类需求的五层次理论：生理需求、安全需求、社交需求、尊重需求和自我实现需求。每一种需求的实现都会给人带来快乐，快乐是一种情绪体验，它是个人需求满足后自然产生的一种愉悦情绪。

所以，如果想快乐，你必须找到你的需求与现实的平衡。渴望阳光，得到阳光，你会快乐；渴望都市生活，有能力支付自己的都市生活，你会快乐；渴望乡村质朴，置身田园之间，你会快乐。糟糕的是，拥有了沙滩阳光，却渴望金钱权势；拥有了自然清新，却渴望都市热闹。拥有的，常常并不是他珍爱的，需求与现实之间，沟壑难平，这就注定会走向快乐的反面。

说了这些，就是想让大家清醒地认识到自己的需求与现实，希望大家更多地在需求的满足中得到快乐。有三个哲学问题：我是谁？我在哪儿？我将到哪儿？当你清醒地认识到自己的客观处境，满足所能得，不求不能得，快乐就离你不远了吧。

上文是我的一些思考与感悟，因为要控制在应试文的篇幅内，所以，有些未能尽言的话，写在下面：

在三十而立之后，我发现，我的"立"仅限于物质层面，我能够挣得一碗饭，维持日常生活所需，而我的"精神之立"迟迟未到。按孔子的说法，"四十不惑，五十知天命"，那我现在精神上有困惑，精神支柱尚未完全树起，也符合生命发展规律。

近来，我在思考，我什么时候会快乐，我怎样让自己更快乐。那天和你们去滑雪，看到前几个同学难以自控地摔出各种姿势，你们笑得前仰后合，我也爆笑不止；那年高三我和一位生物老师让学生选自习课到底想上谁的课，学生选择了语文，办公室里我们聊起这事，我得意地蹦着转圈；家里面，我的小女儿一天天长大，会把爱吃的食物分享给我，会用她灵巧的小手给我做各种书签。所以，在我今天的生活中，与家中的孩子和学校的孩子好好相处，是我现实中能够得到的一大快乐。正常人都会有欲望吧，功名利禄，对于一个奔四的普通女子而言，是那么遥远。在欲望与现实之间寻找平衡，是让自己快乐起来的唯一办法。

为什么和同学们聊"快乐"这个问题呢？出于一种为师的责任心。作为20世纪80年代的学生，分数的重要意义比今天还要唯一，还要重要。我上学时似乎很少有老师跟我们讨论快乐对于一个生命的重要性，以至于我这个曾经的乖孩子，除了学习之外，还意识不到给自己培养兴趣的重要性。今天我成了一名老师，我希望我的学生快快乐乐的，从今天，到明天。今天的同学们，记得广泛培养自己的兴趣，让自己快乐起来，因为在哈佛大学的一流人才培养目标中，培养广泛的兴趣，也是一个目标，这让我更加确信，快乐是生命的动力，我们首先要快乐地活着。

写此文时，我开始时是不知道从何起笔的，我不想写假大空的文章，我不想写随意无章法没有"下水"意义的文章。于是，我开始翻书，很幸运，就在 21 日上午，我被抓丁要求到学校干活，意外得了一篇文章，我读完之后，思路就开了，速成此作。

　　写出这个写作过程，也是想告诉你们，创作来自阅读。

2016. 12. 27

共和国，我为你拍照

2049 年，我年近七十，头发花白，满脸褶子。你问我这垂垂老者要上哪儿去，告诉你，我今天有任务——很多年前，我代表学校与青海贫困山区的一所小学签订了文学校园助学项目，多年过去了，那里已经发生很大变化，我要去拍张照片，见证中国教育发展的辉煌成就。

"小周，你好啊！"一落地我就看到了接待我的周老师，应我要求，我们去了图书馆。这图书馆跟咱国家大剧院一个风格！只是规模小一点儿，外观和内部空间一样。透过玻璃屋顶，蓝蓝的天空清澈可见，采光真好！嘿，这书柜，比我们北京学校的都好，透明可视，触摸开关，防尘防光，不用担心粉尘和阳光对纸质的侵蚀了。

"韩老师，这是我们的文学图书区域，当年贵校赠送的书籍，还在这儿呢！"小周热情地引导我往前走。看到了，那里有我当年编辑过的校刊，触摸着熟悉的页面，我内心感慨颇多。多年以前，这里连教材都紧张，送书支教，就是为了丰富学生的阅读资源。现在可是截然不同了，在这明亮亮的图书馆里，窗明几净，桌椅舒适，书籍丰富可谓汗牛充栋。

穿过第一排书柜，我还看见了许多学生坐在那儿读书。现在是上课时间，他们也在上阅读课？那么安静，那么专注，你看那个小姑娘，紧盯着书本，嘴角泛起笑意，孩子们爱上阅读了！这真让人欣慰。

走出图书馆，我回首伫立，在灿烂的阳光下，椭圆形建筑的蓝色屋顶与瓦蓝的天色融为一体，"青海某某小学图书馆"九个金色大字赫然醒目。蓝蓝的天空，引人遐想未来的无限可能性；金色的大字，召唤着教育事业的喜人收成。我触碰手机按键，拍下这幅画面。浩渺天地间有这样的图书馆和这样一群认真读书的孩子，真是中华幸事。

在回京的路上，我的心中波澜起伏。一所小学校的变化是中华民族伟大复兴的一扇窗口，国家教育水平的发展不正是百般辉煌成就中的一种吗？希望这张照片能放到天安门广场的大屏幕上，让前来参加国庆活动的世界人民都看看，中国的教育资源不再贫乏，中国的教育水平日益提升，中国富强了！

2017.6.24

铭记好景

秋季，霜侵万物，风卷叶落，多是肃杀景象，而苏轼劝勉友人："一年好景君须记，最是橙黄橘绿时。"是的，要记住秋日那硕果满枝的美好景象。而在这凉气袭人的初秋时分，我也有一年之中尤当铭记的美好景象。

凌晨五点左右，我莫名醒来，窗外还是蒙蒙夜色，拉上窗帘，缝间微光竟足以让我难眠。昨晚十一点十分，我改完作文，翻翻一个个本子，一年没少写、没少批，怎么还达不到预期水平？难道老师很难对学生写作有太大影响？我不甘心！人很想睡去，却管不住脑中冒出许多事。窗外渐渐有了"啁啾啁啾"的鸟鸣声，亮光从窗帘四边迸射进来，闹铃响了，我摁住闹铃，真想沉沉地睡一会儿。

早晨是忙碌的，带着娃娃穿衣洗漱，有时还要安慰那不想上学而闹情绪的小心灵。人，就是这样又被推上了日常运作的轨道。然而，就在我推开楼门的一刹那，一切都变了。

一片牵牛花！粉的挨着紫的，绿色的藤蔓蔓延成海洋，鲜亮的花朵点缀其上。"快看牵牛花！"我招呼已经跑到前头的女儿，她像小鹿般蹦跳着回来，揪下两朵，放到嘴边："嘀——嘀——嘿嘿。"

14

女儿眉眼都笑开了，"喇叭响啦！"咦？前边的冬青树团上一小簇红，凑近一看，"鸟萝！"我惊喜道。以前我只在书上看到过，以为它长在南方，从未想到自己有机会一睹芳容。花色是那种很正的英雄红，摸摸花瓣，微微的茸，叶子是芭蕉扇状，如鸟儿的羽毛，丝丝缕缕。我家的采花大盗已经取下一朵又跑了，早晨清爽又柔和的橘色阳光照在女儿跑过的小路上，也照在女儿的身上。这个星期一的早晨，阳光明媚，女儿活力十足。美好的一天正式开始！

　　走在前往幼儿园的玉带河路上，女儿哼唱着小曲，很是陶醉，轻轻的歌声与风儿一起掠过我的发际，飘过我的心田，小家伙那么恬静与快乐。我指给女儿看头顶的栾树果实，那是一串串挤在一起的三棱体，每个面又是鼓鼓的帆船包。"你还记得里面的种子是什么样的吗？""不记得啦！"女儿大声向我说。"去年你在树下捡了许多小黑豆，你都忘了吗？""想起来啦！"女儿在后座上站起又重重一坐，引得我车身一阵摇晃："小心小心，你老实点儿！"

　　又是一年秋收时，两边的栾树已经结满了种子。在这样一个清秋的早晨，我那一连好几天昏蒙蒙的眼睛终于睁开了。是的，人在高三，但不能忽视自然的变化，不能漠视社会的发展，尤其不能无视生活的美好。高三的刷题日子不能让所有的生活都变成印刷字一样的黑色。我虽然要骑车赶去学校，我虽然要开始日复一日的高三生活，但我不能无视秋季好景，更不能无视那可爱的小家伙。

2017.10

同学们，久违了

好惬意的日子啊，没有学生！没有问题！没有作业！左手茶，右手书，音乐轻轻飘，暗香浅浅浮，我的小日子，那叫一个滋润啊！这是烧了几世的高香，轮到今生今世，智能机器人高水平发达，只要我动动嘴皮子，那智能的家伙，啥都给搞定。要不是她，它？他？称啥好呢？还是它吧，要不是它，我老人家此时此刻还不知要被多少铺天盖地的作业和备课资料压得个"憔悴损"呢！

"是你，是你，梦见的就是你——在梦里……"看到"柳梦梅掘坟开棺，杜丽娘复活"这段，我真为这对有情人高兴，心里高兴，嘴巴就哼起小曲来。正好眼睛有些酸涩，我便起身走动走动，舒展筋骨。

"咚咚咚。"有人敲门？"咚咚咚。"确实有人敲门。我慵懒地踱到门后，透过猫眼，这不是××同学吗？奇怪，不上课来我家干吗？他怎么知道我家在这儿？"××，你怎么来我这儿了啊？""老师，主任让我来请您上课。""我的机器人呢？我已经把所有资料都输入它的系统里了啊。""老师，您太信息滞后了，您看看您那遥控器还灵不，全世界的智能信息系统都崩溃了！""啊？……"就这样，我的轻松惬意美瞬间化为乌有！梳洗罢，我整装去学校。

"老师，您终于来了，想死您了！"我刚踏上讲台插入U盘，那贫嘴的学生就招呼上了，久不上课，我还真不适应，我看了他一眼算作回应。"同学们，咱们开始上课啊，今天讲《窦娥冤》。"底下的学生还真乖，打开书，眼睁睁地看着我。"先请同学们分角色朗读啊，有同学愿意吗？"底下鸦雀无声，学生们的眼睛仍定定地看着我，只是每人都是端坐好的架势，手里紧握着笔，好像准备着要做什么。"没人读，这课文内容不熟怎么赏析人物、探讨主题呢？"看到学生那么不配合，我只能好声好气讲明朗读的重要性。底下还是纹丝不动。这是咋的啦？"那好，我提个问题啊。你们看，窦娥这个形象有什么特点？"无人应，这是咋了？师生互动完全进行不了！"班长，你说说。"班长瞪大着眼睛看我，并没有站起来回答问题的意思，小脸憋得红彤彤的。看着我的大班长窘迫成这个样子，叫人怪不落忍的，我赶紧说："那你再想想哈。同学们啊，你们看，窦娥坚决不从张驴儿，是不是看出她贞洁观念很强啊？再看看她对张驴儿那态度，是不是很刚强啊？再看看她对婆婆，有没有孝心啊？"我这一串话不当紧，底下的学生笔头高频晃动，哗哗哗写了一大片文字。这是记笔记的吗？我走下去一看，这孩子，傻了啊，记笔记也讲个择要啊，这怎么跟个书记员似的，我的话，连腔带调，语气词都没落地给记录下来了。翻翻其他学生的笔记，亦是如此。放眼望去，也就那开始打招呼的学生，眼睛还会骨碌碌地转，我赶紧招呼他随我出来。

"你们平时上课都这样，除了瞪眼听，就是迅速记？"

"老师，不这样不行啊，那机器人嘟嘟嘟说个没完，我们慢点儿神儿就记不下来了。"

久违了，我的学生们，老师是机器人，你们也变成了机器人，只会 copy（复制）啊。我们的课堂是生命的课堂、文学的课堂、有创造力的课堂，我们要培养的是祖国栋梁之材，怎么能都变得跟机器人似的了呢？都是智能机器人惹的祸，再也不能让它来上课了！同学们，我来啦！

2018.3.20

新时代新青年

——谈在祖国发展中成长

这是一个新时代，中华民族要为全面建设社会主义现代化强国而努力，中华民族要为实现伟大复兴中国梦而奋斗。而且，历史走到今天，中华民族从来没有像现在这样有实力、有自信、有魄力，她像一艘巨型航母，载着昂扬乐观的亿万儿女共同奔赴美好未来。成长在新时代的新青年，汲取祖国母亲的给养，随着民族脉搏跳动，成长为锐意进取、勇于担当的新青年。

新时代的新青年首先应该是锐意进取的。犹记得《厉害了，我的国》中总工程师林鸣说："以前是有什么样的设备，建什么样的工程；现在不是这样，而是想怎么干，我们就有能力制造什么样的设备。"完成港珠澳大桥合龙项目的振华30起重船，全球最大，能够吊起一万两千吨重物，并做三百六十度全方位回转，这是中国人自己制造的世界级庞然大物。中国的实力在设备制造中得以彰显，民族的锐意进取精神也在此得以弘扬，而在祖国发展中成长起来的新青年，一样的不乏锐意进取精神。二十六岁的丁磊创办网易，二十七岁的马化腾创办腾讯，三十二岁的张朝阳创办搜狐，三十五岁的马云创办阿里巴巴。新时代的新青年，随着中国互联网事业发展，走在网络事业前沿，开创出属于自己、造福万民的新事业——这正是新时代富有锐意进取精神的新青年。

新时代的新青年还应该是勇于担当的。从来没有一个时代，青年人可以浸泡在贪图享受的蜜罐里，每一个时代的辉煌都少不了青年人的奋斗进取和勇于担当。今天，中华复兴的美好蓝图正在召唤我们，而更多的困难也在挑战我们：贫富分化、道德滑坡、生态环境，还有世界范围里的战乱与纷争。新时代的中国新青年，无畏挑战，勇敢地担当起属于自己的责任。北大奇女子宋玺有着传奇般的经历，她大三时入伍，经过两年艰苦军事训练，成为了亚丁湾护航队队员。当叙利亚货船遭遇索马里海盗，当生命与财产岌岌可危，中国护航队英勇驱逐海盗，守卫一方平安。宋玺在接受采访时热泪盈眶："只有真正经历了这种事情，你才会真正地感受到祖国的强大。而我更感谢的是，自己有机会被选去护航。"在新时代里随着祖国成长起来的新青年，有着担负世界和平的坚强臂膀，真是"中国强，青年强"。

众多2000年出生的同学，在这十八年里成长为青年，我们自当以杰出青年为榜样，响应北大学生"团结起来，振兴中华"的口号，做锐意进取、勇于担当的新青年，为民族复兴大业增砖添瓦！

2018.6.28

以"勤"为伴，不负青春

早晨七点，当你伴着明媚的阳光，置身于现代都市，你不难发现，大马路已经清扫干净，早点铺已经开门迎客，环卫工人、早点厨师，还有许许多多早起忙碌的勤劳人，在这车水马龙、人声嘈杂中步履匆匆，他们的勤劳凝聚成中华民族无限的生机与活力！

中华民族，向来以勤劳为美德。在我们的教科书中，从来不乏勤劳的中国女性。《诗经》为证，先秦时期，那个"二三其德"的氓，有一个勤劳的妻，她"三岁为妇，靡室劳矣。夙兴夜寐，靡有朝矣"。《玉台新咏》为证，东汉时期，有一个叫刘兰芝的女子，"昼夜勤作息"，"三日断五匹"。翻过一页页教材，你还会看到艾青的保姆大堰河，她洗完衣服就提着菜篮去结冰的池塘，切完萝卜就去清理麦槽，扇好炉火就去晾晒大豆、小麦，哄睡了乳儿还要织补儿子们被荆棘扯破的衣服；还有那祥林嫂，比勤快的男人还勤快，在年底，一个人就能担当扫尘、洗地、杀鸡、宰鹅、彻夜煮福礼。中国传统女性以家庭为圆周，家务劳作就是她们的主业，一个个女子忘我地日夜操劳，她们勤苦劳作，整理好家庭内务，撑起家庭、家族，撑起中国的半边天。

而中国历史上，一样也不缺少奉行"勤"字的男子。很多人都听说过"闻鸡起舞"的故事，东晋时期，年轻的祖逖在半夜时分，听闻鸡鸣，披衣起床，拔剑习武。正是有了这一份早起勤练的努力，祖逖练得一身好武艺，为他后来成为奋威将军，北伐收复失地打下根基。还有那赫赫有名的战国外交官苏秦，他发愤读书，直至夜深，困倦思睡，就以锥刺腿，想那苏秦，游说诸侯，佩挂六国相印，自然风光无限，然而所有光鲜的背后，哪个没经历勤奋苦熬？祖逖与苏秦，一早起，一晚睡，挤压有限的时间，只为多练一会儿，多读一会儿，这尽力多做、不懈努力，正是对"勤"字最好的诠释，而他们取得的成就也就是"勤"之必要的最好明证。

然而，今日之学生却让我困惑了：中华民族的传统美德传承了吗？当我看到课堂伏睡的学生，当我看到课后缺落的作业，我困惑，勤劳的学生在哪里？鲁迅先生在书桌上刻下一个"早"字，提醒自己时时早、事事早。而现在有些学生背篇课文、写一课练习拖拖拉拉，哪里还有一个"早"字呢？哪里有勤劳学业、勤学不辍呢？今天，当我数着五十六本作文本，我有提笔行文的冲动，两个班七十三人，缺了十七人！而这五十六本中，还有不少草草完成、应付作业的！在这样一个"语文为王"的高考时代，居然有人是这样勤于学习语文的。青年不勤，人生何望？青年不勤，祖国何望？

当早晨的太阳绽放灿烂的笑容，当夜晚的月亮漾起妩媚的嘴角，那是天地神明对勤劳之人美好的馈赠，勉励每一个早起晚睡的勤劳人：勤勤恳恳，不负今生。我愿每一个少年、青年、中年，有梦想，有追求，以勤劳为伴，撷取心中桂冠。

2019. 6. 16

以奋斗推进生活

对于一个上进的人来说，他追求生活的前进。如何推进生活？只能依靠奋斗。不奋斗会滞留原地，会不进而退，奋斗不一定前进，但提供了可能性。实际上，人类正是沿着这种可能性，奋斗不止，将生活一步步推进到今天的水平。

古语云："天行健，君子以自强不息。"古人参天地而作，天地运行不息，君子也当奋斗不止。祖逖闻鸡起舞，司马光枕木而眠，这就是奋斗，多练一会儿剑，多看一行书，积土成山，积水成渊，每天的不懈奋斗，使东晋乱世腾空而起一位奋威将军，使北宋革新时代凝聚而成一部警世之作——《资治通鉴》。奋斗，推进了祖逖的生活，也在失地收复中推进一国历史；奋斗，推进了司马光的生活，也在以史为镜中推进一个民族的脚步。奋斗，于个人，于国家，都有极其重要的作用。

我们阅读《红岩》，看到了无数革命烈士为了新中国的成立奋斗不止。渣滓洞里，米饭是发霉的；饮用水，是刷过锅的；吃喝劣质，刑罚却是极"好"的：老虎凳、竹签夹、红铁烙、黑铁链……然而革命战士屈服了吗？没有，在恶劣环境下，他们也没有低下高贵的头颅。他们拧成一股绳，生命不息，奋斗不止。严刑拷打，逼不出一条重要信息，革命战士以生命为代价，保护着党的秘密、党的力量，他们的奋斗，彰显了让敌人畏惧的力量，他们的奋斗，推动了中华民族新生活的到来。

古往今来，古今中外，"奋斗推进生活"几乎已被验证成真理。我不确定，大英图书馆里是否有马克思勤奋读书留下的脚印，但我确定，马克思终其一生探寻新社会、新世界的到来，一套《资本论》是其一生奋斗的结晶，没有不计白天与黑夜的奋斗，再聪慧的大脑也难以破解社会难题，也不可能推进世界无产阶级美好生活的到来。奋斗，是从生命中迸发出来的强大力量，贝多芬在双耳失聪的情况下，还要扼住命运之喉，奏响《命运交响曲》；史铁生在双腿残废的情况下，还要解开生存之惑，书写《命若琴弦》这样的人生警语。如此奋斗，让贝多芬、史铁生逆水行舟，绽放生命精彩，也给后人强大信心与鼓舞。奋斗如此有益，今日你我，有什么理由不秉承先人优秀品质，将奋斗进行到底呢？

年轻人，是觉醒的时候了！是奋斗的时候了！人生不可再少年，此时不搏待何时？相信我们的奋斗可以开出生活最美的花朵。以青春热血，奋勇前进；以青年无畏，碾一切险阻，那么，生活就在前方，以最美的姿态迎接你！

2019. 12. 17

正确对待成败得失

人生路漫漫，从出发到终点，我们会经历难以计数的成功和失败。能否正确地对待成败得失，关系到成功与失败最终是个包袱还是一笔财富，愿我们都能处优不养尊，受挫不短志，将成功之顺境、失败之逆境，都变成人生的财富。

太史公欣赏项羽，将他列在帝王本纪中，这样一位个性鲜明的骁勇战将，却是一个不能正确对待成功的人。项羽在巨鹿之战中攻克秦军主力，可谓占据成功之上风，然而，身处成功之顺境却助长了项羽的骄傲心气，在他看来，小小一刘邦是不可能与他争夺天下的，在刘邦俯首称臣的恭维之下，他竟然原谅了刘邦，错过除掉强敌之时机。项羽处优势而养尊贵自大之心，让一时之成功变成人生之包袱，自大轻敌，放虎归山，"夺项王天下者必沛公也"。

同是青史留名的一代王侯，越王勾践，他大败于吴王夫差，然而，受挫者不能短志，他志在复仇雪辱，十多年里，卧薪尝胆，秣马厉兵，终于养得兵精粮足，一举战胜吴军。人生不如意十有八九，挫折总是难免，受到挫折精神沮丧意志消沉，那是许多人的常态，然而，心中有志者不会被一时之挫折挫败，他们反而是越挫越勇，

"宝剑锋从磨砺出，梅花香自苦寒来""不经一番寒彻骨，怎得梅花扑鼻香？"越王勾践心中有志，在失败的逆境中他萌发了更加顽强的抗争斗志，失败的耻辱激励着他变弱为强，血洗前辱。如此看来，正确对待失败的人，是能够将失败之逆境转变成人生之财富的。

正确对待成败，就是要成不骄，败不馁，借一时成功之优势为大业所成之凭借力，变一时失败之劣势为大业所成之垫脚石。《过秦论》中"惠文、武、昭襄蒙故业，因遗策，南取汉中，西举巴、蜀，东割膏腴之地，北收要害之郡"，秦国拓疆，一胜接一胜，次次胜利助长了大国自信，更积聚起强大威势，以至于"秦人开关延敌，九国之师，逡巡而不敢进。秦无亡矢遗镞之费，而天下诸侯已困矣"。如此看来，成功之威力岂容小觑？《红楼梦》中薛宝钗赞咏柳絮能够"好风凭借力，送我上青云"，成功之作用，就如那"好风"，频频借助顺风好力，柳絮亦能直上青云。人之一生若能多得成功助力，学业有成，事业有成，顺风顺水，那是拥有了怎样的幸福人生？而面对失败，更不能沮丧消沉，哪里跌倒哪里爬起，于失败中寻找成功机会。这样的故事太多了，屠呦呦在两千多个方药中寻找抗疟的有效药物，爱迪生在六千多种材料中寻找可用的灯丝，一百次一千次的失败，都化作了他们成功的垫脚石，失败只是让他们离成功更近一步。

同学们，回首你走过的这十多年历程，你一定体味过成功的喜悦，也品尝过失败的辛酸。今日之你，已经成长为风华正茂的青少年，随着年龄增长的还应有心智，愿你们能够成熟地面对一时成败，助力自身成长，成就美好人生！

2022.5.5

再读《故都的秋》

南方有秋，北方亦有秋。生于南国的郁达夫却眷恋着北国的秋，偏偏喜爱一座有悠久历史的北平的秋。北方，历史，清秋，重叠起来，满足了敏感而挑剔的中国文人"悲凉"的审美情趣。

郁达夫喜欢的景物是细小的，是平常得以至于不大为人留心的地方。牵牛花、落蕊、秋蝉、枣子颗儿，这小小的寂寞物件，常常自己在秋天，唱着与秋天合拍的歌。如它们一样的郁达夫，于其中沉浸着自己的内心情感，那铺满地的落蕊，那灰土上的丝丝条纹，让人怜惜，又那么善解人意，它们极柔软，软软地抚慰着孤寂的郁达夫的心灵，它们极疏落，就像心已清空，疏疏落落地还留着的几道疤痕。

小是小矣，却非常够味。许多人是这样的，许多人都觉得自己有独特的审美情趣，不去喜欢大家都疯抢的事物，留心那如同自己一样孤独却默默绽放的美丽。文人尤其如此吧。

一件件细小寻常之物，到了郁达夫的眼里，却有十足的秋味。皇城人海中，是那不起眼的破屋小院，是斜桥影里的话凉人，最有秋味。小院里有浓茶、高空、碧天、悠扬掠过的鸽声，有槐树，有寂寞地漏下来的一丝一丝的孤独的日光，有尖细且长的草陪着蓝白色的牵牛花，还有郁达夫，那样一个伤感多情的中国文人。

桥影里的北平人，不论朝代更迭，不论世间风云，在1934年的中国，依然在自己的世界行走着，每天为生计忙碌之后，就是消停一会儿吧，就是再去感叹去年的去年的去年一样有过的"天可真凉了——"，北平人，真有你的啊，时局纷乱中还能过着自己的寻常生活，不惊不扰，云淡风轻。物或人，这就是北平独有的浓浓的秋味。

我再次去思考北平清秋的丰富内涵，似乎仍不能说透。有时候喜欢并不意味着能说清楚，我喜欢这篇文章，能读出北平，读出作者，读出自己，这就是我的阅读兴趣所在吧。故都的秋，有清、静、悲凉；有深沉、幽远、严厉、萧索；还有啼唱、淡绿微黄。

2011.4.26

28

一位至刚至柔的女性

——赏析《蒲柳人家》之"一丈青"

中外文学画廊里，知名女性人物形象很多，外国的郝思嘉、安娜，中国的宝钗、黛玉，那都是年轻又美丽的女人。不承想，刘绍棠在《蒲柳人家》中塑造的这样一个年已五六十岁的女性，竟也能让我动情不已：女人，还有这样的！

她，大高个儿，一双大脚，青铜肤色，嗓门亮堂；骂人，能一气呵成地骂一天；打架，一个大耳刮子扇过去，年轻小伙子就转三转儿，拧三圈儿，满脸开花，口鼻出血。

这女人，不是我们喜欢的那种温柔可亲的形象，似乎是只可远观的那种，她，是粗俗的。粗俗似乎是男人的特权，一旦女人身上显出粗俗的一面，总让人觉得她太"不女人"了。《水浒》中也有一个"一丈青"——扈三娘，貌美如花，与丈夫王英生死相伴，虽是有情人，但总是要归于"狠角色"一类的。《蒲柳人家》中的这个"一丈青"大娘，也算是个厉害角色吧。她是运河畔长大的女人，一辈子在运河边，种地、撑船、打鱼，那是行家里手，生活的艰苦夺去了女人温柔的一面，苦难堆里摸爬滚打的女人打造出了刚硬狠

29

烈的个性。

虽说"一丈青"能骂人能打架，但是，她不是蛮横不讲理的人，做起事来很有自己的礼数。小说里看到"一丈青"大娘两次"出手"：第一次是拉船的纤夫衣衫过少，却又不睬大娘的劝言，大娘很恼火，说是"不能叫你们腌臜了我们大姑娘小媳妇的眼睛！"于是乎，先是大耳刮子扇倒小伙，再折断碗口粗的河柳把几个纤夫扫下河去；第二次是和"豆叶黄"，那女人迁怒于儿媳"望日莲"，又掐又咬，"一丈青"眼见不忍，先动口再动手，把"豆叶黄"打得七窍出血。我们可以看到，这"一丈青"在乎文明风化，更是善良热情。纤夫衣衫过少，大娘劝说他们，他们却出言不逊，这不好惹的"一丈青"就决定武力制服对方。而那"望日莲"，碰到"一丈青"，真是碰到了贵人！善良的"一丈青"可不是一次救助"望日莲"，相对于这次为了她把"豆叶黄"狠揍，另外两次才是恩情山大。在炮火连天中，"一丈青"冒着硝烟把她从弹坑里扒了出来，这是救了她的性命；后来，救她出公婆魔爪，促成她和周檎的婚事，出力又出钱——把家产的一半都搭上，彻底改变了她的命运。

打架、骂人，少有对手，这女人确实粗俗，"狠"！但是，她做事情有自己的原则，心里有自己的标准，管他什么粗俗与否，这就叫作"刚"！而这率性子、真性情的"一丈青"又实在是个善良、热心肠的人。想想我们的生活中，北京城里，这样的大妈还真不是少数，但真正以她们为原型塑造出富有鲜活生命力的文学形象的，刘绍棠是为数不多的作家之一。

如果说，这女人只是刚硬狠烈、粗俗率性，那自是只能归类于只可远观的人物形象中，而"一丈青"大娘还有许多动人的地方，她是可爱可亲的。让这位女性复杂性格的另一面彰显出来的，是她的小孙子何满子。何满子像所有的男娃儿一样调皮，而这"一丈青"，除了责骂、威吓，是一点儿狠都不舍得施加到孙儿身上——她宠爱这孙子。孩子一落地，她是烧香拜佛、大宴乡亲，还给小孙子挨门挨户地乞讨零碎布头儿，缝制一件五光十色的百家衣；孩子满地跑，她又怕阎王爷重男轻女，给他戴花红肚兜，"扯着亮堂嗓门儿，村前村后，河滩野地，喊哑了嗓子地找"。孙子就是"一丈青"的命儿、魂儿。

有人说，中国女人身上缺少情人的特质，母性却十足。这话真不假。对于一位做了母亲的女人而言，孩子就是自己的命根子、心尖子、肺叶子。哦，对了，还有"眼珠子"（刘绍棠语）。"一丈青"大娘如何宠爱儿子，我未见到，我不知道这样一位粗手大脚的女人如何去呵护幼小的生命，但是，"一丈青"大娘对孙儿的宠爱，让我会心一笑。我理解，这是视孩子如同心头肉的那种柔情。只是这宠爱还要翻倍，因为她宠爱的是宝贝孙子。因为是心中至爱，人的行为有时就会近于疯狂，那是没道理可讲的，瞅瞅这"一丈青"大娘宠爱孙儿的诸多事件，实在是让人无话可说，还有更疼的法儿吗？这样一个粗线条的女人，用她对孙儿的宠爱给自己添上了柔和的线条。

一位宠爱孩子至极的女人，心底自是有着无限柔情，通过小孙子何满子这一中间人物，我们看到了那粗俗女人更多的动人之处。"一丈青"大娘在管教孙儿的时候，难免与丈夫不一致，而从这件事情中隐露出的信息更为有趣。一天，何满子被爷爷何大学问拴了起来，小娃儿的哭声是一声比一声高，"一丈青"破口大骂："那个老

31

杀千刀的，撞了黑煞，一进门就瞅着我们娘儿俩扎眼：打算先勒死小的，再逼死老的，好接那个口外的野娘儿们来占窝儿！"听听，这话里面明明有争风吃醋的成分！听说，何大学问在口外有一个相好的女人，奶奶总是不忘记借一些事提起这让她心里泛酸的事。而这女人，竟是这样"含蓄地"来表达自己的醋意。这数落，这醋意，恰恰体现出她作为女人的深情与爱意，这是一个看似粗鲁的女人可爱动人的地方。她变着法儿，借着道儿，看似不在意的、不经心的，把自己心中的委屈发泄出来。因为有爱，所以在意，所以会时不时地想起，"一丈青"大娘的撒泼责骂让我们看到了一个狠角色心中的"柔软地"。

粗俗、刚硬、善良、热情，柔和、深情，作家刘绍棠为运河人民画像作传，他成功塑造了一个真实的奶奶形象——"一丈青"大娘。这个人物，性格复杂，个性鲜明，实在耐人寻味：人性奇特，至刚之人竟也能至柔？她似乎走到了人性标尺的最极端。在是非善恶方面，尤其是面对恶言、恶行、恶人，"一丈青"大娘是讲原则，钢一般的强，是粗俗强大的狠角儿；而面对调皮捣蛋的小孙子，她是甘拜下风，举手投降；面对丈夫，则是泼辣责骂，火辣辣中隐藏着深情。人性复杂，让人啧啧称叹，那么一个刚硬狠烈的人，有些细心深情的事儿，比性情温和的人做得还过？但是，话又说回来，对心爱之人，怎会不是无尽温柔、无限深情？这样想想倒也觉得"一丈青"大娘的行为是合情合理的了，不是有这样一句话吗？因为爱，女人的另一个名字就叫"弱者"喽。

2013.7.29

再读《巴黎圣母院》

这些崇尚自由和爱情、美丽而略带野性的吉卜赛女郎，
正是当时浪漫主义者心目中向往的形象。

——摘自必修2《名著导读》

自由、爱情、美丽、野性、浪漫主义。

这些词语曾经是我深深喜爱的，年少的我神迷这些词语，看完了《巴黎圣母院》，看《卡门》，还看《荒野的呼唤》，我追逐着浪漫的身影，寻找一丝丝浪漫的气息，为了给我那平凡、平静、乏味的少年生活多一点点浪漫滋味。与此同时，我反感西装革履、华丽礼服，总觉得浪漫与美丽、自由、爱情，甚至是野性有关，要拒绝束缚，哪怕是着装上的束缚。所以，那穿着红色的飘逸的波希米亚风情舞裙的爱斯梅拉达，那勇敢追求爱情不惜以生命交换爱情的爱斯梅拉达，她那美丽外表之下追求爱情、自由的灵魂，以及其中彰显的野性，最是迷人，比太阳的光芒还要炫目。

然而，时隔多年，当我再次翻阅这本书，我不得不佩服"常读常新"这句话。再次翻阅的过程中，我竟再也找不到当年的痴迷。

虽然她的出场还是给我惊艳的感觉，虽然雨果一次次浓墨重彩的描摹都让我惊叹她的美丽，但是，这次我总抑制不了一种理性的思考，就像我在假期里读《安娜·卡列尼娜》一样，我好像过了读小说的年龄，我变得越发现实、冷静，我在惊叹她们的美丽的时候，我对她们有了太多的责备。请允许我这样看待小说中的人物，因为我一直觉得小说是在变形地上演我们的生活，它再现生活，它告诉我曾经有人是这么活着的，我也借此去思考，我该怎样活着。我在一个个故事中思考着社会与人生。

爱斯梅拉达与她的妈妈，还有她的四位爱慕者，都是我想说的，但在此文中，我集中笔墨和大家聊聊她和四位爱慕者吧。我很奇怪，他们之间也有爱情？似乎都与美貌有关，似乎都只关乎外在而没有内在。那样的情感也能叫作爱情？

先说爱斯梅拉达，她有一种浪漫的爱情———一见钟情，美女与帅哥初次见面，就燃起爱情的火焰。爱斯梅拉达第一次见到福比斯，就被那英俊的外表、帅气的军装吸引了，两眼定定地看着他，脸上因心中的爱慕变得火辣辣的。人是可以有这种初次见面的好感的，可是她也太属于颜控一族了吧？仅仅以貌取人？对福比斯不做更多了解就爱得神魂颠倒，以身相许。这是什么时代的人啊，19世纪的巴黎人？那就是自由与浪漫？看来我真是过了浪漫的年龄了，我真的对这美丽的姑娘无尽的责备，我脑子里出现的是自重、自爱这样的观念，好心疼这十五岁的美丽姑娘啊。她怎么可以轻信他的甜言蜜语？怎么可以在看到他拥着一位美丽的姑娘的时候自我欺骗地说那可能是他的妹妹？怎么可以在生死命悬一线的时候求救于那个她并不太了解的他？有人说，自作孽，不可活，我可不可以用这句话责备那美丽的爱斯梅拉达？

那山林女仙，那女神，那超凡俗的人——爱斯梅拉达，你仅仅是作为一个艺术形象来到这个世界的吗？真是不食人间烟火，纯洁美好，却没有人世生存的能力，注定只能是一个美好的艺术形象飘荡在文艺画廊里。

至于福比斯，真不屑说这种人，肤浅地活着的快乐人，爱情的美酒，可以随意端起，但千万别想让他承担什么责任，否则他会觉得那责任是巫婆布下的迷障，会急忙逃开。可怜的百合花，也成了他英俊外表的俘虏，看来，英俊帅气真是强大的撒手锏。

加西莫多，我特别愤愤不平的是：丑人就不能有爱情吗？如果他心爱的姑娘不爱他，他的生活就没有别的意义了吗？我特别不能接受他拥骨而眠的结局，对自己的生命怎么可以这么不负责任？

格兰瓜尔，这是一位艺术家、文学家、哲学家吧，尤其是当他在国王面前那华丽的言辞一泻千里的时候，我真的很佩服他的文采，可他爱什么呢？至少这尘世的爱情并不是真正吸引他的东西，对他来说，山羊比美女重要，苟且偷生比知恩图报重要。

这四位男士中，最让我困惑的就是副主教堂克洛德。他的年龄，我没细细翻书去算，估计在四十岁左右，他变态的生命是怎么形成的呢？作为宗教领域的高端人物，研究了那么多学问，怎么没调理好自己的生命、安放好自己的灵魂呢？怎么可以如此去爱一个人呢？加西莫多，因自身丑陋而选择了守护所爱，堂克洛德却自私地要将所爱据为己有，当不能占据的时候，他就选择将所爱粉碎，我现在都还记得他那黑色斗篷下狰狞的笑脸。是宗教禁欲将他变得冷漠残酷吗？杀死了爱斯梅拉达，没有了诱惑，他就能恢复平静了吗？那发狂的奔跑，他临死前喊出的"报应"，不都在说明内心的良知、灵魂的痛苦吗？他爱爱斯梅拉达，可最初也只是被她的美貌吸引，也许还有深层，比如爱斯梅拉达等于青春、活力，而他是阴郁的石头，他处在黑暗之中，渴望阳光一样的爱斯梅拉达温暖自己，或者，就是一种淫欲，又似乎都不是，真不明白没有真正相处彼此了解的两个人之间，怎么能产生坚如磐石海枯石烂的爱情。他，居然陷入了疯狂的爱恋中，爱令智昏，行为疯狂，他可怜、可悲，他爱的到底是什么，他自己知道吗？好吧，在我不知道他到底爱什么的时候，我还困惑于他怎么可以这样表达爱，一个高高在上、学识深厚的教父怎么不去好好思考他和所爱的人能够得到的最好结局？怎么可以因爱生恨，继而毁灭自己所爱，让自己陷入万劫不复的深渊？所以说，这是个变态的人，宗教将他的生命扭曲，他又用那变态的生命摧残他人。

说了这么多，我觉得这真是一个时代的人，没有经历生命觉醒、理性觉醒的人，都在践踏自己的生命。就像雨果《悲惨世界》里的人一样，是一个时代的愚民，是被黑暗社会践踏的弱小人物，《巴黎圣母院》上演的依然是一个"悲惨世界"。所以，再读此书，看到的是容貌美丽的爱斯梅拉达，是愚蠢的疯狂和可怖的丑陋；看不到爱情、自由，看不到彰显生命力量的野性。没有浪漫，只有悲惨。

2015. 10. 1

36

《平凡的世界》人物形象孙玉厚赏析

在《平凡的世界》一书中，少安、少平两兄弟，润叶、晓霞、秀莲这些女主，受人关注最多，然而这些人物身上带着太多作家理想化的印记，只有这孙玉厚，许是作者无意雕琢太多，反而让他从大地上真实地走进了文学画廊。掩卷回味，此人最耐我思索。

孙家是从外村流落来的，住在双水村金家湾和田家圪崂的主要是金、田两大户。孙玉厚把父亲留下的窑洞让给弟弟孙玉亭后，在村头最南边打下一眼土窑，繁衍子孙，有子女四人，孙辈四人。

孙玉厚个子高大，田福军见到少平第一眼就说少平"和你爸一样，个子高大"。这个高大的父亲是个务农耕务烟叶的好手儿，改革以后，他种的粮食吃不完；而他种的烟叶只有书记田福堂能比。然而，孙玉厚最耐人寻味的是他作为"父亲"这个形象的内涵，从他身上，我看到了中国父亲负重忍辱、为儿为女的伟大精神。

孙玉厚是个农民，而且贫穷，他除了能降伏田间那些农事，能做的事情实在有限。

少安小升初考了全县第三名后，主动退学务农，"他父亲在他面前抱住头痛哭流涕。……他理解父亲的痛苦——爸爸也不愿意断送他的前程"。这位刚强的父亲第一次在儿子面前流泪，可是家境贫寒的他能怎么办？瘦弱的肩膀扛不起老老小小七个人的生活，只能让这个十三岁的儿子和自己一起拉扯这烂包的光景。在这抱头痛哭中是一个无能为力的父亲无助痛苦的发泄。对于一个父亲来说，将学业优秀的儿子拽回田地，让儿子像自己一样从读书奔前程的大道上折返面朝黄土背朝天的生活，是多么梗塞心痛的选择！可是，这个父亲没有办法，一个贫苦农民只能如此。

还有一次是少安扩大猪饲料地被广播批判，少安趴在高粱地里哭，父亲也不掩饰地痛哭流涕，他心疼孩子更责怨自己——书供不成，媳妇娶不来，他觉得愧对儿子。"爸爸心里像猫爪子抓一样，死不能死，活不能活。"心里干着急，实际生活中一点儿办法也想不出。穷苦，这条重重的铁链把自己和儿子锁得死死的，他没办法帮助儿子突破生活的困境。这个时代的大难题是直到20世纪80年代前后随着国家政策方针的改变才得以解决，而在这之前，渺小的个人毫无办法。

从贫苦中国大地上走来的这位老农，忍受着所有生活的艰辛，只是因为儿女赋予了他使命。在小说第六章作者揭示了老汉内心——"玉厚老汉在心里时常为自己的子女而骄傲，孩子们一个个都懂事明理，长得苗苗壮壮的。这就是他生命的全部意义。这就是他活着的全部价值。"

我们可以猜想20世纪初降生到中国农村贫穷人家的孙玉厚已经饱尝了多少人间苦难，我们也能明白很多父母早已觉得生活很乏味，然而，从古至今许多父母生命的意义是由子女赋予的——为着可爱的，或者是值得骄傲的子女，挺住！我们会发现，在少安每次需要精神支撑的时候，玉厚老汉都在场，不管是"走资"被批判，还是窑厂垮掉时的言辞和经济支撑。现代父母提倡子女成年之后要靠自己，实际上在中国，不管孩子多大，孩子要走的每一步父母都想尽己所能地为孩子铺垫一些。小说真实地呈现了中国父母以子女为意义的精神支柱。我们还不难发现，孙家俩小子能走进其他农民子弟没有的广阔天地，实在是得益于玉厚老汉的铺垫。

先说读书的事。孙玉厚"算是庄稼人里很有魄力的"，他十六岁翻山越岭吆喝牲灵驮瓷器，走南闯北让他的眼界比一般庄稼人宽阔，他发现世界是识字人的天下。最初是供弟弟读书，供出了孙家世代第一个在门外干事的人——孙玉亭当了钢厂工人；后来他供大儿子读完小学，二儿子读完高中，尤其是孙家出了在省重点大学读书的兰香。如果说少平典型体现了读书对一个人的影响的话，那么这颗读书的种子是孙玉厚埋下的，读书，出门，闯天下。古人仗剑走天涯，今人持书闯天下。培根说"知识就是力量"，在今天这个时代寒门能否再出贵子还待验证，但在21世纪前后几十年，读书的力量是毋庸置疑的。

再说"让孩子飞"。一件事是秀莲想分家时，玉厚老汉明知道分家以后的负担会更重，但他的想法是："家分开以后，让娃娃放开马跑上几天！他看得出来，少安有本事在双水村出人头地。"不计自己辛苦，只为儿子能自由驰骋，这是父亲的牺牲精神。还有一事是少平要"走黄原"，尽管父亲不是很支持而且很担心，但他看出儿子心里的煎熬，知道自己很难劝儿子放弃，他让少平和少安商量去，他说："我老了，世事要看你们闹。"不管是看得清的事还是看不明白的事，玉厚老汉都没有束缚儿子的手脚，而是放儿子去闯荡。今日中国子女从小乡村走向大城镇，从中国走向世界，有很多父母是玉厚老汉的心理——我能给你的有限，为了你的自由与快乐，父母放手让你飞。

所以，一部书的价值在哪儿？首先它是民族记忆。我在这里看到了我的父母亲，也看到了已为人父母的自己。

当然，孙玉厚身上还有一些有趣的地方，那就是他的封建迷信思想。奶奶肚子疼，他请刘玉升；刘玉升要建庙，他自己布施完了还劝儿子也做；还有少安劝兰花离婚，他认为是混账主意，"离婚女人名声不好听啊！"这些有趣的地方作者是微笑着带着几分调侃的语气写出的，我们在紧张的正剧看完了偶尔来点儿闹剧来看是觉得很有趣的，而在这有趣之间，我们也真实地看到玉厚老汉的思想局限性。

一个人物形象有多么立体多么复杂，孙玉厚就是一个典型范例。这个从农村大地走来的中国父亲形象，有愚昧，有先进，有自然本能，有社会影响，他凝聚了丰富的文化意蕴，值得中国人细细地再品读、再思量。

2017. 4. 10

一生何求

——读《孔子传》有感

孔子一生，有两个问题最引我关注：他为什么能够内心充实而快乐？他的儒道有价值吗？

综观孔子一生，经历如下：读书，出仕，退仕为师，再入仕，离鲁仕卫仕陈，返鲁教育著书。

人生的黄金阶段，即三十到五十岁，正当事业有为之时，孔子这时在做老师，以学生所交之束脩为生，生活清贫。然，他的人生追求十分明确，子曰："加我数年，五十以学，亦可以无大过矣。""孔子教学相长，其设教之期即其进学之期。孔子亦自知誉望日高，鲁乱日迫，形势所趋，终不能长日闭门不出仕。乃自望于五十前犹能于学养上更有进，他日出任大事，庶可无过。"（钱穆）所以，这段为师岁月，正是孔子以学养为目标自我增益的过程。

再来看其人生艰难的时候。叶公问孔子于子路，子路不答。子曰："女奚不曰，其为人也，发愤忘食，乐以忘忧，不知老之将至云尔。"孔子说这段话的时候，刚经历从卫过宋、去陈至蔡的饥饿困顿，然而物质的困窘并没有带来心灵的痛苦，一个人沉醉在对道义的追求中，贫穷困苦不曾入心，不会惹其烦扰。道义之外，皆可忘却，如此忧道不忧贫地活着，难道正是远离烦恼的正道？

孔子十五岁志于学，所学不仅是谋生之小人儒，更是君子儒，即探究六艺之道义，这种道义源自周公礼乐，孔子明大道于心，期大道行于世。所以不管是为学为师，抑或为官，孔子一生只与儒家道义有关。为师清贫，因心中有道而快乐；周游艰辛，因心中有道而忘忧。

孔子曾让子路告诉荷蓧丈人："道之不行，已知之矣。"孔子生在春秋乱世，他明明知道道不能行，却不能背离君子之义——道不能行，而仍当行道，知道明道，君子天职，如果君子不仕，那么道无可行之望。孔子推崇西周初年周公所作之礼乐制度，提倡仁且智之个人修养，期待治平大道现于人世，然这种期待于乱世难得，知其不可而为之，孔子这种狂进精神，真是积极昂扬鼓舞后人。事虽艰辛，然有可能，一生致力，生命快乐。执着地去追求自己认定的事，生活就变得充实而快乐，孔子的美好的生命状态和精神境界原来源自这样一种定心定意的追求。

再说儒道之价值。

先说践行儒业对孔子的价值。孔子出身士族，士族习儒业以出仕。儒业最早时是社会一行业，主要研习礼乐射御书数六艺，子云："吾少也贱，故多能鄙事。"这"鄙事"是指担任委吏和乘田，分别是主管仓库委积和牛羊放牧蕃息，所以孔子习儒业以获取谋生之职位，这也是士族子弟进身之阶。

但孔子所学所求，更主要的是君子儒，他要明道行道。孔子年过三十，即退仕途设私塾，从个人修养到弟子教育，只为弘扬儒道。

孔子一生致力于此，死后千古留名，被封为至圣先师，是儒道让孔子永垂不朽，个人因事业得以成就。如此看来，践行儒道使孔子实现了人生价值。许多人毕其一生追求生命的意义，弘扬儒道使孔子这一生命个体获取了人生价值。生有所依，死有所附，儒道，对孔子而言，绝对称得上有用。

那对于学习儒道的孔门弟子来说呢？我们可以从孔门弟子在当时受欢迎的程度寻求答案。冉子、子路为季氏重用，伯喜为吴太宰，子游为武城宰，"儒学在当时急激发展并影响社会，孔门声光日蕃，弟子从仕易得"（钱穆）。所以儒道在当时是广受欢迎的，不论是习得六艺掌握技能，还是提升修养明经弘道，孔门弟子研习儒道，进而为当政者赏识、重用，这与今天读书考学，考得公务员职位，不是一样的吗？从这一获取工作的纯功利角度来看，儒道亦可称作有用。

而我们更关心的，是儒道对于今日你我安身立命有用吗？在这个经济发展占社会主要地位的时代，利益对个人的重要，绝对不亚于春秋战国时代，忠恕之道、仁义礼智信、尽己推己，这儒家道义是废止还是扬弃？

道之不行，孔子早已知道了，"人心不古"这句话，在孔子的时候就开始说了，"古"指周公礼乐，周天子地位动摇，礼乐制度分崩离析，"不古"在春秋即出现，这句话是批判现实，也是表达一种追求，追求"古"的再现，孔子在对现实的不满中表达对未来的美好期盼。如此看来，不满现实，追求美好，是人同此心，古已有之。这样说来，儒道所传达出来的竟是一种积极乐观的人生态度，孔子知其不可为而为之，终千古留名，他为我们树立起一个榜样，作为人，总要尽人事的。

一直以来，人类追求真善美等所有美好的事物，人类在与现实的不美满斗争、反抗，也正因此追求，现实在改变，社会渐渐变成我们想要的样子，至少在某些方面某些程度上是。

所以，不必去质疑孔子的道德高标有几人能达到，不必因圣人之后再无圣人而拒绝儒家道义，生活在今天这个社会，不拘是儒家的、道家的，甚或西方的、世界的，只要符合创造美好生活的想法，皆可接受、践行。所以，我想，事亲以敬，事友以诚，讲孝悌，讲仁义，是不为过的，儒道于今日中国还是有生根发芽的土壤的，儒道有用。

2018. 2. 25

谁错了？

——《羚羊木雕》读后感

这篇文我以前读过，不记得是什么时候，应该是我小时候，没想到，今日读到这篇文，我还有提笔写点儿什么的冲动，所以，这就是好作品的力量，引得你去思考、探讨"如何去与人相处"——小朋友之间的，大人与孩子之间的。

从教材的角度来说，这篇文最棒的就是万芳了——她很热心，能舍己为人，能包容别人的错误。"我"的裤子破了，她为了救"我"免于母亲责罚，和"我"换了裤子，虽然补好了裤子，但自己罚站一小时，而且还要长久地穿那有疤痕的难看的裤子。我不知道同学们能不能做到，小时候的我做不到，衣服破了旧了，我会好面子地、虚荣地不肯再穿。万芳很热心，牺牲自己，不仅受罚站之苦，还不在意难看之羞，这种舍己为人的品质是老师上课时大力表扬的。还有羚羊雕刻，明明是"我"已经送给她了，"我"却反悔，孩子最初是谁也不知东西的贵重程度的，一毛钱的东西会喜欢，一万元的东西也会喜欢，这个喜欢与物品的贵重程度无关，只与是否符合童心童趣有关，万芳喜欢这羚羊木雕，并不是因为它贵重，而仅仅是因为好玩儿。好玩儿的东西，那是儿童看中的，已经给了自己了，那就不带反悔的啊，"我"却反悔了，"我"这人也太不够朋友情义了。然而，万芳又一次地能够替别人着想，不仅还给了"我"，还安慰"我"，说还是好朋友。替别人着想，热心，宽容，舍己为人，这高尚的品格，实在是一般孩子不具备的。我似乎现在还记得，老师在课堂上极力赞扬这个好孩子。

可是，我心里却替万芳委屈，于一个孩子而言，这种道德标准是不是太高了？大人们这样要求孩子，是不是有点儿过分？羚羊木雕是贵重，可是孩子之间的情义就不贵重吗？教给孩子说话算话的品质就不重要了吗？大人怎么可以出尔反尔玩儿语言游戏呢？

"您已经给我了。"

"是的，这是爸爸给你的，可并没有允许你拿去送人啊！"

什么叫"爸爸给你的"？给了孩子，孩子就有支配权。小故事里的"我"，是觉得自己于万芳有亏欠，是看重二人情谊的，木雕倒是相对不贵重的，这是不同于大人的价值标准的。爸爸妈妈眼里只有贵重的金钱，却看不到孩子比钱重要的情谊，正如奶奶说的："这样多不好啊！"

这是金钱对孩童友谊的践踏，而这次践踏又是我们至亲至爱至重要的父母进行的，实在让我替这些父母汗颜。他们居然让孩子承担了自己的过错。

正如"百度"里介绍这篇文章所说："本文通过平凡的家庭琐事，赞美了孩子间的真诚的友谊，提出了如何尊重孩子情感的社会大问题，发人深省。"

父母应该尊重孩子的感情，不要仗着自己是大人就不把孩子之间的事看成大事。

2018. 11. 15

觉慧的爱情

　　爱，我想爱应该给人带来幸福，但是为什么却带来这
么多的苦恼？（觉民）

　　事实上经过了一夜的思索之后，他准备把那个少女放
弃了。……有两样东西在背后支持他的这个决定：那就是
有进步思想的年轻人的献身热诚和小资产阶级的自尊心。

（摘自二十七章觉慧心理描写）

　　我总会思考，支撑我们在这个世界上活下去的是什么？人世有
艰辛，如高家子弟，觉新俯首听从长辈的种种要求，鸣凤忍受主人
的种种责骂，琴顶住外人的种种闲言，这是人为制造的种种麻烦，
必须承认，这个世界有邪恶的人。这个问题我曾在读《大卫》时思
考过，那个手常常湿乎乎的人，让人恶心有点儿惧怕，因为古语就
说"小人难防"。邪恶的人是存在的，自私自利，不会为他人着想，
会牺牲他人满足自己的利益，这种人我们常避而远之，但又常常避
之不及。邪恶的人，丑陋的事，存在于世，如果世间事皆如此，我
们活下去会有多么艰难？好在，与邪恶对应的是真善美，许多人是

本能地渴望美的，自然美，人情美，像看到美丽的花草我们会开心一样，美好的人情常常幸福着我们。这就是鸣凤的蜜糖了，这就是觉新苦难中的支撑了，这就是琴幸福的根源了。

如果只是自然人，而非社会人，那么觉慧与鸣凤之间的爱情就没有任何问题。然而，最终让觉慧放弃鸣凤的是一些社会观念。"有进步思想的年轻人的献身热诚。"这种观念从古就有，"匈奴未灭，何以家为？"这是汉朝霍去病响铮铮的誓言，他毅然辞去君王赏赐的宅第，表现出以国家为重的名将风度。黄花岗七十二烈士之林觉民为全国同胞在二十四岁别妻弃子舍弃双亲。这种人，让我们"高山仰止"。

"小资产阶级的自尊心"这点，我细细琢磨来，能明白，但不能赞同。觉慧在鸣凤出嫁前夜一时寻找未得一夜辗转，最终决定以"进步青年的献身热诚和小资产阶级的自尊心"放弃这段爱情，在鸣凤死后做的梦中，还是美化鸣凤成了富家小姐，这贫富尊卑的阶级观念是根深蒂固的啊。我想到了《简·爱》中，罗切斯特是桑菲尔德庄园主，拥有财富，简这个穷家庭教师却能无视财富隔阂大胆追求自己的爱情，为什么她的反抗性就这样强烈，因为她是外国人？可英国不是以保守著称的社会吗？该反抗的必须反抗，该追求的必须追求，自己的幸福，自己最知道，哪那么多枷锁和顾虑？

所以，这表明的是，觉慧的爱情没有那么强烈，只是年轻人的懵懂情愫。或者还有人道主义者对弱势群体如丫鬟的同情，有同龄少男少女天生的好感。那份"小资产阶级的自尊心"，就像试金石，让觉慧自动远离鸣凤了。可怜的鸣凤，她也一样在观念上越不过这阶级的坎儿，她不是只求一辈子做他的丫鬟吗？这就是中国人在爱情上的怯懦吧，等级尊卑观念太重，害了自己。

如果觉慧和鸣凤超越这种观念去私奔，会有什么样的结局？卓文君是私奔成功的范例了，中国古代历史上为爱私奔的故事多了去了。我不知道这对十八岁的年轻人，在那样一个封建社会，少爷与丫鬟，私奔有什么后果，但是，我知道，这个有进步思想的年轻人是不会私奔的，他还要去做他认为重要的事。

这份淡淡的爱情，给觉慧和鸣凤苦痛的生活增加了一种别样色彩和甜蜜滋味，但他们真的并不属于彼此，他们没有不同生就同死的强烈爱情，所以，他们的爱情经不得一点儿考验。而且，觉慧这个新青年是不适合鸣凤的，鸣凤能毫无保留地把自己交给觉慧，觉慧却未必能完全把自己交给鸣凤，他们都有自己的路要走，正如徐志摩诗云：

> 你我相逢在黑夜的海上，
> 你有你的，我有我的，方向；
> 你记得也好，
> 最好你忘掉，
> 在这交会时互放的光亮！

这爱给了觉慧幸福，也让他最终决定与这封建大家庭决裂，这就是他的一段人生阅历，如此而已。

觉慧是以巴金为原型塑造的人物形象，在《春》《秋》中没再看到关于觉慧的爱情故事，在巴金介绍中，看到巴金的夫人肖珊也是反抗封建家庭的女子，这就对了，他们才是有共同出身共同追求能真正理解属于彼此的一对人，他们之间有牢固的爱和幸福。

2018. 11. 23

在革命中蜕变

——《红岩》人物形象刘思扬赏析

在《红岩》中，刘思扬首先是一个线索型人物，借助他的视线，我们看到了渣滓洞、白公馆，还认识了许多与国民党对峙的共产党员、劳苦大众。在小说的第十一章，刘思扬正式登场，因为甫志高的叛变，他被抓到了渣滓洞，"火辣辣的阳光，逼射在签子门边。窄小的牢房，像蒸笼一样，汗气熏蒸得人们换不过气来"。炎热久旱的夏季，二十来个人关在窄小的牢房里，而且没水喝，这就是国民党逼降共产党人的渣滓洞，条件极其恶劣。而在这样的环境中，保持军人作风的龙光华、得了坏血病的丁长发、喘得两眼发白也要把水留给伤员的老大哥，随着刘思扬的视线，一一登场。他们向世人证明，即使环境再恶劣，他们也不会屈服于敌人的威慑，顽强的革命斗争精神震撼着你我的灵魂。

而小说又不仅将刘思扬定位为一个线索型人物，这一人物形象还向读者呈现了一个资产阶级出身的知识分子经过种种考验愈加坚定革命信仰的精神历程，这一形象也因此具有了资产阶级知识分子投身共产主义革命的典型意义。

刘思扬是有着资产阶级知识分子的出身印记的，他喜欢读诗、写诗，这种对语言文字的审美水平不是当时的无产阶级劳苦大众所具备的，而他还有着"知识分子的脆弱情感"。不难发现，在渣滓洞，或是白公馆，他都是一个特别渴望集体认可、集体温暖的人。刚到渣滓洞，他不肯贸然和不了解的人接近，心中"有一点儿陌生与寂寞之感"；刚到白公馆的第一分钟，"那种可怕的寂寞，就开始使他心里发凉"。相对于在黑色地窖里挖出一条求生通道的许云峰，刘思扬是缺少孤军奋战的强大内心的，他需要志同道合的人与他一起并肩作战。所以小说里有一笔很浪漫的色彩，当他低吟《囚徒之歌》时，有轻微清脆的歌声与之相和；在他入狱前收听广播记录新闻后，有孙明霞为他热好牛奶，志向一致的恋人为了共同的理想而奋斗是这部小说很浪漫很温柔的地方，而这种柔情安排给刘思扬是最合适的，他先天的小资情调和革命浪漫主义完美融合。而集体给予这类人物的温暖是他更加热爱党组织的原因之一，比如在他离开渣滓洞的时候，几粒胡豆摆在污黄的粗米饭上，半只咸蛋藏在了碗底，刘思扬从中感受到的是"一颗巨大的赤热的心"，无产阶级战友的这份同甘共苦的团结友爱浓烈地温暖了他。

　　在更多的时候，刘思扬是与监狱里的战友们一起来对抗敌人的折磨的，在这个过程中，他的斗争经验越来越丰富，革命信仰也越来越坚定。刘思扬在各种政治经济学说中找到了马克思列宁主义这个真理，认定"只有无产阶级是最有前途的革命阶级，只有它能够给全人类带来彻底解放和世界大同"。于是他背叛了自己出身的资产阶级，向着美好的革命理想而努力，他在心里庄重地说道："一定要经受得住任何考验，永不叛党。"所以，监狱里缺水，他勉强挤出一点儿唾液来解渴，要把水留给更需要的人；而他不仅对抗饥渴，还对抗饥饿，为了争取龙光华的追悼会，他和狱友们一起绝食三天。在向党组织靠拢时，他为没受过严刑拷打而不好意思，他勉强咽下几口干硬霉臭的饭粒，他主动提大便桶去那令他恶心以至于晕厥的厕所，因为有信仰，所有挑战信仰的苦难，都成了刘思扬勇敢与之决斗的对象。于是，集中营成了锻炼真金、考验意志的冶炼场，这些经验帮助刘思扬最终克服了知识分子的脆弱情感，成长为一个真正的共产主义战士。当刘思扬作为首批释放的政治犯回到刘庄的时候，他虽然急于找到党组织，急于表白，急于回到温暖的大家庭，但是他最终还是在冷静的思考中辨析清楚了老朱急于得到的是狱中党组织的信息，而不是来证明他的清白，并在李敬原的提醒下认清了毒蛇。刘思扬在孤战无依的情况下并没有暴露党组织，尽到了共产党人于集体的责任，这正是人物久经牢狱历练愈加成熟的体现。而当他越狱时躺卧在血泊中，他仿佛听见烈火与热血中升起了庄严的高歌，他喃喃着"我们——没有玷污党的荣誉"。面对死亡，没有畏惧，在革命的大无畏中升腾起纯洁高尚的忠诚之心，至此，一个伟大的共产主义奋斗者的形象于悲壮的背景中凸显出来，刘思扬告别资产阶级小知识分子的软弱性，显现出共产主义斗士的伟大品格。

　　所以说，赏析刘思扬这一人物，既要看到他在结构上的作用，也要看到他于主题表现的重要意义，在双向鉴赏之下，品味人物形象的丰富内涵。

2019.1.9

置心广阔天地，壮我万丈豪情

——读《李斯传》有感

天地广阔，你我自当有万丈豪情。然而，偏处京城东南的我常常如井底之蛙，只见方寸之地。读《李斯传》，看李斯的觉醒与奋斗，我有了点滴思考，现记录于此。

公元前254年，中国历史的大舞台上没有李斯的身影。他只不过在扮演一名小得不能再小的公务员——在楚国上蔡郡做看守粮仓的小文书，饱食终日，无所事事，浑浑噩噩，不知老之将至。李斯当时拥有安乐的生活，房子不大，足够居住；薪俸不高，衣食无忧。老实说，就这么过一辈子也是蛮好的一件事情。在投胎人世的时候，阎王爷如果也肯给你这样一份合同，我相信，十人里面有七八个会毫不犹豫地签字画押。不知不觉间，青春年华在悠闲缓慢的生活中渐渐逝去，意志在平淡无奇的日子里悄悄消磨。总之，在此时的李斯同学的身上，没有任何迹象表明，他将在未来的二十多年里，站到中国历史舞台的中央，扮演起显赫的男二号，享受最好的灯光和机位，拥有最多的特写和对白。

然而，一件偶然有趣的事情发生了，就是这件小事，改变了李斯的一生。一天，李斯见到了几只在厕所刨食的老鼠，心有所思：同为鼠辈，粮仓之鼠"食积粟，居大庑之下，不见人犬之忧"，人称"硕鼠"；而厕鼠却只能"食不洁，近人犬，数惊恐之"。同为鼠辈，生存空间的狭窄或宽敞，竟让它们截然不同。人呢？是安于窄室，鼠目寸光，还是冲破狭窄的屋宇，置身广阔天地？李斯由此开始思考自己的人生——难道只是安于现状，或小富即安不思进取，一生无所成就，最终淹没在历史的汪洋之中？

睿智的李斯顿时醒悟，他认识到再也不能这么碌碌无为地生活下去了，君子疾没世而名不称焉！

李斯的果断成就了他的一生，他离开了偏僻封闭的上蔡，到兰陵拜师荀卿，学习"帝王之术"。然后，辅佐嬴政，消灭六国，统一天下，高居万人之上的丞相之职。之后，立郡县，统一文字、货币、度量衡，修驰道，车同轨，成就不朽的人生。可以说，中国几千年的历史当中，名相重臣比比皆是，累世之功不乏其主，但大多不过功在当朝，时过则境迁。而李斯几乎每干一件大事都能产生影响千年的效果，并荫及后代。司马迁在《史记》中评价李斯：作为一个普通平民事秦，利用机遇和能力辅佐秦始皇终成霸业。

当然，李斯最后在功利心作祟下走上了一条不归路，杀害韩非，焚书坑儒，篡改遗诏，扶助胡亥，死于权势争夺中。贪图名利的祸害随着李斯的功绩一起警示后人：立大志，成大事，当以国家人民利益为重。

从上蔡县走出了一个李斯，从通州区走出了多位名人，然而，历史已经是过去式，数风流人物，还看今朝的潞河学子。你我生逢盛世，岂能任时光匆匆流逝无所作为，愿在座学子，即使身居斗室，也能心容天下，天高任鸟飞，海阔凭鱼跃，广阔天地里应有你我施展抱负的身影。从今天起，树理想，勤自勉，为无悔的人生而努力！

2019. 1. 14

散缀情思

San Zhui Qing Si

两种等待

朱自清先生写过《背影》一文，远去求学的儿子看到父亲蹒跚离去的背影，潸然泪下。这篇文章打动了许多人，尤其是那些理解父母辛苦，又心怀远方之梦的孩子。父母含辛茹苦养大儿女，"小雏鹰"羽翼渐丰，却要振翅远飞。于是，父母等待儿女归来的情景在千家万户上演着……

那是我二十岁的时候，学校放假了，我没买到火车票，只能坐汽车回去，晚上九点到。妈妈说，她和爸爸到车站接我。到了老家汽车南站时，天色已黑，要靠流动的汽车灯光才能辨别行人。出了站门，没见到爸妈，我四处张望，仍是不见，于是我朝回家的那个路口走去。还未待我穿行马路，模模糊糊地，马路对面出现了熟悉的花外套，只是穿外套的人走路有些弓腰，那人的旁边还有一个脊背微驼的人，他们正朝我这个方向边张望边疾走。是爸妈吗？我真不确定。那两人步态见老，我的爸妈还很年轻啊！然而那个穿着暗红花外衣的妇人已经向我招手了，再走近一些，分明就是妈妈！我走到了他们的面前，抓住了妈妈干瘦的手。嘘寒问暖间，我跟着爸妈上了出租车。掩饰着内心复杂的情感，我偷偷地观察他们：是有些驼背了，妈妈又瘦了……

妈妈说，她希望我就上我们市里的那所一般本科，或者，她都不想让我上大学，就在她的单位接她的班就好。妈妈并不想让自己的女儿远走高飞，她想让女儿永远留在自己身边，他们不想做那种在等待中守望的老人。可是，他们又不愿孩子不开心。当孩子想要挑战一个又一个人生高度时，想要证实自己确实能力不凡的时候，父母不得不放手，不得不去做守望者。爱子女，又不得不放手，父母这种情感上的撕扯，子女想是要等到也为人父母的时候，才能真切体会并理解吧。

这么多年我一直是不太理解这种情感的。我知道父母爱我，我又只管自己地要求他们爱我就不要拉着我，我喜欢在陌生的地方感受新奇，创造新生活。于是，这个世界中又多了另一类在等待中的人——他们等待的是自己生命的精彩。我曾经幻想着，在一座高高的大楼的格子间里，一个年轻的姑娘，她把长发高高地束起来，穿着白色的立领衬衫，端正地坐在办公桌前敲打着键盘，从那挺得笔直的腰杆来看，她正全神贯注地在忙碌着什么；有时，她会走到视线无限宽广的大大的落地窗前，灿烂的阳光照在她身上，她抬起头，感受阳光的爱抚，陶醉在那种状态里。她在憧憬，她在等待，她相信：年轻有活力的她，有着智慧与才华的她，一定能绽放出生命中最亮丽的光彩！

有多少孩子离开了家乡，离开了父母，他们在追逐着自己的梦想，等待着属于自己的那份精彩；又有多少父母放飞了孩子，留下了牵挂，他们在奉献着自己的生命，等待着属于自己的那个孩子归来。然而，这亲子间的两个等待却是沿着两个不同的方向在延伸——风筝用力地向上飞，放风筝的用力地往下拽。

从每一个小生命诞生的那一刹那开始，就注定了两种相反的等待吧，一种是追求未来，一种盼其归来。可怜天下父母心，备尝酸苦的常常是父母吧。

2008 年

夏末秋初

八月上旬。

上午，坐在书桌前，竟感到了一丝丝凉意。晚上得知，再过两天就要立秋了。

四季的变化，早已有信使来传达。

此时，虽还是夏天，但七月份那样的烈日当头，再也没有，七月份那样的热气蒸腾，渐渐弱去。我喜欢夏天，就是喜欢那份热情满满的感觉。夏天，她用她所有的热力来拥抱你，她的拥抱会让你热血沸腾，热情高涨，你的情绪会高到极点，你会节奏加快，你会大汗淋漓，你的每个汗毛孔都透着爽快！那是典型的夏令特征，然而，却也匆匆。

炎热夏日，你能看到热情欢快的夏叶。那时，树叶已经长得饱满，绿绿的，泛着光泽，阳光下，凉风里，身姿矫健。风儿稍大一些，它们就会欢快得难以自持，你撞我，我撞你，哗哗作响，那种招摇，那份热情，着实让人欢喜。

放眼窗外，今年的夏叶不似往年。往年，没有那么多雨水，叶子不像今年这么茂密，那么丰腴。今年的树叶，在雨水的滋养下，甚为润泽啊。竟也遇不到一阵儿一阵儿的凉风，懒洋洋地睡在枝杈上，偶尔，也随那小风跟你摆摆手，左右晃两下，总显得那么慵懒，不能带给你一丝的夏日凉爽。桑拿天，从 2006 年我第一次感受北京的桑拿天，这样的夏日，每年竟然多了起来。

还好，今年的秋天来得快。八月，我已经感觉到秋的气息。凉凉的风，让我想起金黄色的丰收。红艳艳的香山红叶，在秋的涂染下，十月底就能彻见吧。香山脚下，卖水果的摊儿很多，还记得那硕大的石榴，个个饱满，咧开了嘴，露出诱人的红色汁水。

秋天，是我最喜欢的季节。因为，我是在秋天出生的。

妈妈说，我最有口福了，我出生的时候，正是收获的季节，不缺吃的。一片片的麦穗割拢来，金黄的麦粒打磨成新鲜的面粉；一盘盘蔬菜端上桌，园子里四季豆、西红柿……吃不过来；一箱箱水果，更是着急吃，苹果、橘子不像冬天那样金贵，舍不得吃，不赶快吃，会熟烂的——那时可不像现在，东西都习惯放到冰箱里保鲜。院子里，一家人，小方桌，果蔬饭菜，样样都惹人怀念。

我喜欢每个季节，每个季节里，都有我的最爱。

火热夏季，丰收秋季，寂然冬季，生机春季。

此刻，火红的、墨绿的夏季已过，夏姑娘拖着她的长裙，正依依不舍。秋姑娘却是迫不及待，趁夏姑娘不留意，在风里夹杂一些自己的凉意，向万物传达她的讯息。

我等着，充实而灿烂，最终归于飘零与伤感的秋季到来。

2010. 8. 11

最美好的事

——2010《潞园》编辑手记

如果有一朵七色花，我可以轻易实现七个梦想；如果有一块魔地毯，我可以轻易飞到我想去的地方；如果有爱丽丝，我可以和她一起畅游仙境；如果有彼得潘，我可以和他一起永远做快乐的小孩儿。如果，如果……我有太多不太现实的想法，我是一个充满梦想、充满理想、追求完美又在慢慢发现现实的人。许是头抬得过高，许是过多的时候在看天，在追逐梦想的路上，在现实的大地上，我磕磕绊绊，跌跌撞撞，但是，幸福的是，一路走来，付出努力，承受艰辛，我在渐渐地接近我的梦想。

文学社的学生们，有不少是和我性情相通的——追求完美，不怕辛苦，希望做得好一点儿，再好一点儿。九月份接手文学社的工作，看到了第一本厚厚的打印稿，板块、篇目的划分还不甚清楚，于是跟主编商量，凸显专题板块，篇目分类做得再细致、准确些。这之后，大部分的工作是编辑们在做的，又是一遍遍地筛选稿件、编排、校对。十一月，《潞园》的眉眼基本上清楚了，于是她被推到了主管领导的面前。那时，色彩过于暗淡的稿子多了一些，稿件的感情色彩过于单一了一些，主管老师建议删减和添加一些文稿。于是乎，我们继续去完善她，撇开纷乱的发丝，为她梳妆打扮，还添了一点儿脂粉，让她看起来更加精神。为了能通过几位主管领导的审核，我们着实付出了许多精力，除了再次从文库里筛选好用的文章，我们还向各个年级的同学约稿，限时限题地让写手们写稿，然后编辑们再编排、校对。

编辑《潞园》的日子，是忙碌的、繁重的。那是 2010 年 12 月 20 日，在人民楼 213 室，濮玉一边制作目录，一边咬牙切齿地说："明天，我再也不碰它了。"那天是濮玉的生日，她希望那天是划时代的一天，《潞园》文字编辑完工的一天。而不管是昨天，还是前天，她都在摆弄她现在最在意的《潞园》，天天和《潞园》搅在一起，用她妈妈的话说，就是睡觉时枕边都是文稿，睡醒了脸上都印着文稿。那天晚上，六点多了，我略带疲惫地离开人民楼，走在路上，任冬天的风刮痛面颊，看着闪烁迷离的街灯，心里却甚是快乐，我看到一个和我一样喜爱文学、热情执着的孩子，和如此志同道合的学生一起去努力，怎不让人欢喜？许多天，我们就是在集中地阅稿、校对中度过，有些苦，有些累，然而，在践行自己梦想的路上，更多的是快乐，看着自己的想法一点点变成现实，看着自己喜爱的文章曼妙现身，和一群喜欢文章的人谈说共同的话题，这是最美好的事。

任何你喜爱的事情，并不会因为你喜爱它，做起来难度就降低，喜爱之心点燃的是工作的热情，困难还是会一个个摆在你的面前，比如编辑和老师的想法不一致，征来的稿件不统一，栏目的设定不清楚，新手的校对不准确……这种种的问题在喜爱之心的支持下慢慢得以解决。如果没有这份喜爱、热情，你会觉得审稿、校对，那是非常折磨人的事情。每一天，我们都觉得差不多了，再加把劲儿就能完活，每一天，我们都坚持到用尽最后一分精力。就像 12 月 20 日的晚上，本以为，是最后的校对，本以为，当天晚上就能长舒一口气。然而，第二天，再看，怎么还有一个标点不对？怎么还有错字？这篇文章放这儿好像不太妥当，可不可以再换上一篇更好的？所以，第二天中午或大课间，你又会在人民楼 213 室看到忙碌的编辑们。

今天，回想刚刚过去的半个学期，似乎还因过于繁忙而无暇仔细总结。今天，我已经看到了出版社编排的样刊，那种"一切辛苦都值了"的成就感，惹得我想静静地翻阅、审视自己和学生们一起做完的编辑工作。那会儿，为了定版定篇，我和主编费了大劲儿，哪些板块可以增加，哪些类型的文章可以多征集一些，校对的质量如何保证，排版工作如何在时间充裕的前提下做得更符合我们的情趣……拿着样刊，似乎还有太多的工作未完待做。

这就是我们，有梦想，敢实践，乐追求。美好的东西是来之不易的，我们没有七色花，梦想不可能简简单单就实现，然而，我们可以通过自己的努力，争取我们喜爱的美好之物。在这追求的过程中，和一群志同道合的伙伴们，一起去努力，这本身就是最美好的事，那份快乐、喜悦，你也可以试着去体验。

2011. 4. 28

来到潞河

2006 年，我坐在红楼 102 那间会客厅里，和负责招聘的老师聊着自己的履历、求职意愿。眼前，一片绿荫倾洒的世界，粗壮的树干，浓绿的树叶，斑驳的日光，透过窗户，浸润心灵，那一刻，我觉得很安宁。许是有几分多愁善感，上一年秋冬季节，落叶纷飞，尘沙袭面，抱着文件夹，疾走在北京胡同的那个我，一直成了我生命的剪影，久久地烙在我的心间，泛起无尽凄凉。潞园的这份安宁，让我坚信，这就是我的归宿。我喜欢这里，一幢幢教学楼，一棵棵老树，一列列书籍，这是我生命中无法缺少的，宿命一般地，我在二十五岁的时候，跨出校园，又回到了校园。

我是属于校园的吧，我喜欢校园生活，读读写写，现在再加上讲讲。从第一年，我就有幸成了潞园文学社的指导老师，开设文学校本课。第一次，选课的学生还真不少，主要是自己任课那个班的一群男生，他们真是捣乱，上课爱给我添乱，还追到校本课这儿来了。他们问题多，什么问题都提，但也很热心，布置的作业挺认真地完成。第二次，选课的学生就很少，两个，于是课堂以讨论为主，课下读书课上交流，谈文学，谈历史，那次最大的成果就是每人都读完了一本书，还写了读书笔记，缪琪的还被选载到了《潞园》上。基本上每年我都会开一些与文学有关或读或写的校本课，探索着培养学生写作能力的有效方法。

2010 年，我全面介入文学社的各种工作，从文学社的建设、管理到学生培养、校刊编辑。文学社的成员，文学素养比平时教学班里的学生高一些，言谈之间特别有共同语言，易于沟通。这群孩子，真的给我心有灵犀的感觉，他们爱读爱写，写出的文字很有感觉，像跃动的音符、闪现的精灵，带着中学生的清新自然、朝气活力，我喜欢上了他们。最值得说一说的，是我和学生一起编辑校刊。九月份接手《潞园》编辑工作，看到了第一本厚厚的打印稿，直到 12 月中旬，我们还在做着选稿、校对的工作。不是我们工作拖拉，而是我们追求最好。一次次说要定稿，一次次又开始选稿，全刊浏览一遍之后，我们总会忍不住琢磨，还有没有更好的稿件可以替换这篇？我们希望做得好一点儿，再好一点儿，我们追求完美，不怕辛苦。

有幸来到潞河中学，在美丽的潞园开始我第一份工作；有幸成为文学社的指导老师，陪伴这一个个文学青少年追寻文学之梦。美好生活，因潞园而存在。

2011.5.5

丽江印象

印象，这个词曾随张艺谋执导的几出实景剧而流行，在丽江小住一个星期后，我终于明白，所有的旅游都只能留下一个印象，到憧憬之地短暂停留，见其山水，观其人文，浮光掠影。丽江，据说是一个安静的小城，适合发呆，这对我有致命的吸引力，我很喜欢呆瓜一般地看着人世间百万姿态，而我，就像一个透明人似的，谁也不在意我的存在，我就那样静静地，看着人世间的一切。丽江印象，是我被丽江的雨水浸润后的一段缥缈记忆。

七月初，到了传说中安静的小城。下午三点，游人穿梭，踏上青灰色的石板路，顺着古镇下行的流水，走过一家家店铺。沿街的吆喝声散发着商业浮杂的气味，置身于街市喧扰，我很奇怪：这就是传说中安静的小城？走到四方街，正当我在喧闹的街市无所适从的时候，雨来了。我疾走到帆布大伞下，坐下来，等候雨停。雨淅淅沥沥地下着，淘碟的店铺里，传出"嘀嗒……嘀嗒……嘀……嗒……嘀"的哼唱声，随意而伤感；二楼吧台上，两个年轻人和着音乐拍打东巴鼓，"叭咚……叭咚"，沉重而缓慢；越过吧台，隐约看到一个对着落地话筒唱歌的人，模样看不清，声音却从楼上弥漫到整个街市，那种沙哑、澄澈的声音，把街市上的一切浮杂都过滤了。空气清新，音乐醉人，看看身边的他，已然失神，而此刻，我的灵魂也飘浮到街市上空，俯看众生。我们一直都生活在一个喧闹的世界，行走匆匆，很多时候，肩膀被南来北往的客撞一撞，东摇西晃，人没怎么挪步，就已晕头转向，不知何去何从。心由境变，乱由心生，太多的时候，我们需要停下来，静一静，想一想自己的方向，就像此刻，靠着木椅，听着音乐，整理好心情再出发。

突然降临的雨，给了我一个多小时的安静，这可能就是百变丽江女神在用她神奇的魔棒点化我吧。第二天的下午，坐在黑龙潭的长椅上，远望玉龙雪山，等待云雾散去雪山显现的时候，雨又来了。

我俩最初坐在路边的长椅上，享受绿荫蔽日带来的清凉，但是一拨一拨的旅行团总是遮挡我们的视线，于是，我俩挪到了潭水边。近处，潭水清澈，鱼草可见；远处，潭水如镜，映着蓝天白云——那种明净，是别处少见的，仿佛水面之下才是那高远的天空；再远处，是绿树葱葱环抱周围，是云雾缭绕的雪山。山水美景，一览无余。潭水边没有大树遮阳，我就撑起了雨伞，挡挡那热情灼人的丽江太阳，可伞还没撑一会儿，雨就被招来了。轰轰雷声之后，太阳和风雨一起上场。阵阵风儿吹乱潭水，漾起层层水波；金色阳光洒满潭水，泛起浮金万千；雨点趁欢击打潭水，水波之上又跃动着水花，百变丽江女神真是有着百变的魔法，她指挥着自然精灵舞出迷人的画卷。潭水之上，长桥横卧，彩亭伫立，雨线交织中，模糊了它们的身影，却在诉说永恒的陪伴，它们拥有彼此，也就拥有了整个世界。身边的花儿，为雨水洗去了尘土，提亮了肤色，红更红，绿更绿，在阳光下戴上了明晃晃的水晶饰品。人世间，我们需要的并不多，最重要的，是要拥有自己最需要的。就这样，坐拥自然，听雨水、潭水、阳光合奏的乐曲，看云雾一团团地从雪山上移走，任思绪徜徉在无名的国度，任时间从生命里流逝……

在丽江，雨，是最有趣的一景，说来就来，走得也快。如果没有这雨，我那匆忙的脚步会停却下来吗？我那浮躁的心灵会宁静下来吗？当我匆匆行走在拉市海、玉龙雪山、虎跳峡这些丽江著名景区的时候，我得到的是和游走其他城市景点一样的匆忙与纷乱。只有在丽江的雨中，生活的节奏突然发生了变化，一切都以截然不同的面貌呈现在我的面前。在丽江那飘忽而至的雨水中静坐，我的心灵超越了浮杂，我的生命融入了自然，我祈求许久的安宁意外收获。

最后，还想说说丽江的人。听说大研古镇里许多做生意的老板都是因为喜爱这个城市而留下来的，行走在古镇上，我常常留心店里的老板，想看看他是不是那诗意的追逐者。而我住宿的那家酒店的前台接待员，老家是哈尔滨的，说是喜欢这个城市就留下来了。丽江，你有怎样的魅力，竟可以拴住这么多人？临行前的下午，我在大厅里等待送机的司机，我好奇地偷偷地观察那帅气的小伙子。他在收拾台面上的物件，还打电话给总经理咨询客人汇款账号，忙碌着酒店经营的琐碎事。因为喜欢一个城市，就留在当地，找份工作，每天在自己喜爱的城市做着生计之谋，这是怎样的生命状态？喜欢一座城市，喜欢一份工作，喜欢一个人，或者，喜欢一个东西，"喜欢"，这就是生命的支点吧？有了支点，内心就有了不为外物所扰的宁静。人，都要给自己的生命找个支点，拥有宁静的内心，拥有充实的生命，生活中所做的一切有了意义，也就拥有了幸福又快乐的一生。

行走丽江，我寻找心灵渴求的宁静。伴着丽江的雨，我听到，看到，感受到，一些滋养生命的声音、景象、人。在城市的浮光掠影中，我得到了一些答案，参悟生命的灵光碎片。

2011. 8

探潞河精神

多少次，我在协和湖畔散步，看那绿水悠悠，思考着潞河中学的独特之处，湖畔延伸的小路通向幽深神秘的远处，路边的院墙带着几分古色苍苍……日子一天天过去，许多教师的言行成了我心中难以褪去的记忆，我终于明白，潞河的独特首先是一种师者风范，潞河教师的身上闪耀着为人师者的高贵品质，从一位位可敬教师的身上，我读到了潞河的精神。

那是一个中午，我吃完饭去办公室取些东西。当我走到隔壁的办公室时，门是半开着的，那熟悉的衣裙闯入我的眼睛，十二点四十多了，该回家午休了，姚瑞金老师还在办公桌前忙碌。那伏在桌上的脊背弓成了一个弧度，多少日日夜夜过去，即将退休的姚老师还在认真地批改作业，多少个午间或黄昏，只有哗哗翻动的纸页和沙沙流动的笔墨陪伴着她。姚老师有时会和我说起身体上的种种不适，眼睛看不清东西了，腰间盘突出了，心脏不好了，若不是这日复一日的体力透支，身体怎会频频敲响警钟。然而，警钟响起也无用，学生的课和作业是教师最重要的事情。我们常常开玩笑说，上课是万能药，感冒时不流鼻涕，咳嗽时可止咳，难受时一上讲台就来精神。什么原因？学生优先！潞河老师的身上，闪耀着"无私奉献"的光辉。

那是一个傍晚，我已经收拾好书包准备离开了。回头看看陈丽老师那儿，还里外围着三层家长。那天是家长会，许多家长来找老师交流孩子的情况。对于老教师，家长是格外的信服，特别希望老师能对自己的孩子总结点拨几句。办公室的老师都走得差不多了，这些家长还排在那儿等着。我不知道今晚陈老师什么时候才能离开，可是，陈老师一个都不敷衍，哪个学生，哪些优点哪些缺点，她如数家珍一一道来，该表扬的表扬，该批评的一点儿不词软。这样认真地跟家长交流，为的是什么呢？我想，是对学生负责的精神，是不懈追求的精神，我们每一个教师都渴望培养出国家栋梁，送出一届届优秀的学生，是我们共同的追求。潞河教师的身上，闪耀着"追求卓越"的光辉。

那是一个晚上，晚自习辅导的时间。一个民族学生来找张北海老师了，明天，是元旦联欢会，她要朗诵一首诗。那天，张老师一个字一个字地给她纠正发音，在反复的练习中力求每个字发音准确。最难的是朗读节奏的把握，张老师就和她聊诗歌的内容情感，从情感的起伏上指导她朗读节奏的变化。学生读一遍，老师静静地听一遍，然后老师指出不足，偶尔还做些范读，学生再重读，他们就这样一遍遍地练习。台上一分钟，台下十年功。为了班里的一次联欢会，这师生两位虽谈不上"十年功"，但也是倾力准备。如果说一次两次的耐心辅导源于对学生的责任心，那么，二十年一如既往地耐心辅导，则源于对待教育工作的无限热情。二十多年过去，张老师面对学生时，仍然是全身心地投入，他在意学生的每一处不足，努力于学

74

生的每一点儿进步。潞河教师的身上，闪耀着"无限热情"的光辉。

还有一个中午，也是午休时间，刘国庆老师又没有午休，忙什么呢？办展报。时逢建党90周年，刘老师说，咱也要为庆祝活动做点儿贡献。我不记得这是第几次看到刘老师办展报了，每逢国庆、校庆等重大节日，刘老师都要和他的夫人侯老师一起布置一二十米长的展板，展出不同历史时期的各种票据，以此传达中国历史巨变。一张张小小的票据，铺展开，装入透明小袋，再贴在展板上，许许多多的小票据组成一块一米见方的展板，几十块展板顺次排列，铺展开历史的长河。不知道刘老师夫妇为此付出了多少心力，但我们可以清楚地看到学生们的好奇与收获，他们三五成群地在一块块展板前驻足，浏览着一个个历史的片段，向刘老师询问着什么。这样具体生动的课堂，怎能不激发学生学习历史的兴趣？怎能不唤起学生热爱祖国的自豪？学生走近了历史，贴近了祖国，潞河的历史老师以他们独创的方式为党的教育事业贡献力量。不辞辛苦，点滴贡献为祖国，这是人民教师对党的教育事业的忠诚之心。潞河教师的身上，闪耀着"对党忠诚"的光辉。

奉献、追求、热情、忠诚，这些高贵的品质在潞河教师的日常行为中闪现。太多时候，我们的不在意，让这些熠熠生辉的高贵品质从我们的视线里悄悄溜走。今天，我要为这些平凡的行动立言，因为，平凡之下是伟大，一代代教师几十年如一日的付出，成就了昔日潞河的辉煌。明日，潞河将宏图大展，我们少不了的，正是这些精神。

2011. 8. 13

灿然阳关道

我必须承认，我不够阳光。

对于语文教师，曾有这样的笑谈流传："上辈子杀了人，这辈子教语文。"这句话说出了我们语文老师的困境，我们这科，净干些费力不讨好、费力没成果的事。谁都知道，语文——语言文学浩如烟海，不是一朝一夕之功，学生成绩的提升靠的是日积月累慢慢熏陶，这成效缓慢的学科特点使其被许多学生拒之门外。如果你给学生选择的自由，他们会更乐于在语文课上写其他科作业，或者睡觉，或者玩儿手机。与其他科相比，语文一节课听不听看不到影响，它远比不上数学一环扣一环，一节落下，下一节就云里雾里跟不上趟；睡觉，那是休养生息；玩儿手机，那是精神娱乐。学科特点与学生认识之间的巨大差距，拉大了执教的难度，语文教师似乎被扔进了无底的深渊。

于是乎，语文教师就要努力吸引学生，想方设法把课堂调弄得知识清晰，趣味充分，让学生快快乐乐地学完知识、拿到分数。为了这一节节课，我们焚膏继晷。尤其是像我这样的"汉堡包"一族，上有老下有小，每天侍弄完老小，再趴到书桌上看那怎么也看不完的资料，改那怎么也改不完的作文。这是怎样的一种苦不堪言？我苦思执教为师的要领，研究常备常新的教材，批改堆积如山的作业，置身庞杂与深邃的语文大海。真是"教海无涯苦作舟"啊！

如果一个人总是处在艰难跋涉的旅途，那他就会变得灰头灰脸，阳光是什么，根本无从知道。这似乎也太可怕。教师，这是多么高尚的职业——据说是"灵魂的雕塑家"，一个教育祖国未来建设者的人，如果自己看不到光明，不以火炬照耀前程，哪有前途可言？是的，我们要"争做阳光教师"！而这一缕缕阳光，是以师德为内核的。师德，是教师工作的精髓，是照亮前途的火炬。"师爱为魂，学高为师，身正为范"，一个老师，当你满怀对学生的爱意，你不会视调皮捣乱为麻烦；一个老师，当你视知识传授为职责，你不会厌倦查阅与钻研；一个老师，当你想获得学生的尊重与敬佩，你就会努力成为一个有品有德之人。想担当责任，你就会视辛苦为应当；想自信于三尺讲台，你就必须完善自我。

其实，教师生活是五光十色的，如果说困难、辛苦给我们的生活染上的是黑色，那么，在与学生的相处中，我们还有绿色、红色……

昨天，我在操场散步，看到我的一位同事在带学生跑步，那是一群初三的孩子，小男孩儿小女孩儿的脸蛋上还有着婴儿肥，正是幼稚调皮的年龄，你看那小孩儿，一会儿这个踢了别人一脚，一会儿那个推了别人一把，再不然就是打闹着溢出了队伍，整一个疯闹。而我的同事，他的脸上是笑意盈盈，他拍拍这个的肩，转过那个的头，耐心地梳拢着队伍。渐渐地，队伍也就整齐了，在夕阳的斜照中，师生一起奔跑在红色的跑道上。教师，分享着学生的童真与快乐，共同绽放着青春与活力。而这，就是教师生活中鲜活跳跃的绿色。

今天，我走在通向水房的楼道里，耳朵里听到"天人感应"四个字，这个内容与语文有关，这个声音却不是我熟悉的哪位语文老师的。于是，我探过头看看，哦，是她，那位新来的历史老师，我还没听过她的课呢，就在楼道里偷听一会儿吧："孩子们，这道题你们怎么错了呢？这是常考的一个知识点……"听到她耐心的讲解，我会心一笑，教师，带领学生走出知识的迷雾，挑战一个个教学难点，在耐心的讲解中，在激情的燃烧中，她将生命涂成了火红的绚烂色彩。

而记忆深处，我永远记得一位现已退休的老师曾经给我的指导："站在讲台上，就要像个老师的样儿，你双手为什么按着讲桌，那哪像个老师？昂首挺胸，自信乐观，学生是你的影子，为了学生，你先要端正自己。""师爱为魂，学高为师，身正为范"，这条追求之路，青年教师要不辞辛苦地走下去。

教师，应当如一缕缕阳光，有跃动的活力，有照耀的温暖。当缕缕金光充满潞园的时候，也正是一位位教师生命最精彩的时刻。

让我们一起，以师德为灵魂，积极、自信、乐观，提升个人素质，完善个人品格，从为师执教的这个岗位上，走上那条金光灿烂的阳关大道！

2014. 4. 23

潞园秋色美

秋风起，顿感凉意；槐叶纷扬，寒蝉凄切。生命凋零，惹人伤感，文人悲秋不是没有道理的。

然而一想到潞园，眼前却是五彩缤纷，阳光明艳里，红色爬山虎镶满操场那面墙，叶片随风起舞招展，一身的热情劲儿。

九月，秋高气爽，天青云淡，这以后的一个多月是北京最美的日子；而九月初对潞园而言，又格外美丽，在新学期开始的日子，潞园再次以崭新姿态拥抱来到这儿的每一个人。

九月初，潞园的主色调仍然是绿色，得潞园沃土滋养的乔木灌树还是绿意盎然。除了绿色的草木，今年的新生校服也是绿色，我们迎来了又一批身着绿校服的学生。秋之光，首先光耀潞园的是2015级新生。那稚气未脱的少年是注入潞园的新鲜血液，每一位教师都因你们的到来焕发出青春活力，对你们，我们有无限的期待：课堂上，你们闪现的聪慧光芒，让我们惊喜；校园内，你们展现的少年风采，引我们赞赏。人人都喜欢秋日丰收，对潞园而言，秋天正是继往开来的时节，她刚送走培育三年的学生，正如大树抖落了一身的果实，此刻，她又结满了青涩的小果子，三年养育之后，又将有一批人格健全懂责任能担当的年轻人由此腾飞，多么令人期待啊。

人活世上，能于世有益，是幸福的。我们做老师的，犹如潞园里铁打的营盘，我们这些人能于孩子们有点儿作用，是幸福的。我们会随着新学期、新气象抖擞精神，投身于新一轮火热战斗中，再体验培育人才的激情岁月。老师，这与学生相对应的一个存在，正是潞园秋色中另一抹亮丽光彩。祁校长曾对许多年轻教师有"十年磨一剑"的鼓励，在这收获的秋日时节，不知有多少老师也在细数着自己的人生脚步，思量着自己的事业宝剑。上一学年与我同一个办公室的老师们，或成了教研室主任，或担纲实验班班主任，或再次历练于班主任岗位，每个人都在自己的人生轨道上向前延伸着。而我，来潞园也已九年。记得我教的第一拨学生正是穿绿校服的，岁月轮回中，我又一次从绿校服开始。在教学的征程上我正经历着否定之否定之规律，三年后的秋天，我会不会笑得更灿烂呢？潞园，永远有一批年轻有活力的教师与学生们一起追寻着，努力着，拼搏着。潞园里，这师生共建的风景最是美丽！

秋光明艳，美丽的风景处处存在。再去湖边看看吧，你看那协和湖，秋水如镜，天光云影共徘徊，明镜般的湖面映着闲云垂柳，一切都像被洗净一般，天地万物在水波晃动中泛着亮丽光泽，水天相映，尽显大千世界之奇妙。

静伫协和湖畔，远望学园双塔，置身通州新城，内心澄澈宁静，一种新高度自会由此创建……

2015. 8

80

无单之旅

乌丹，谐音"无单"，有"好事成双"的吉祥寓意。匆匆乌丹一行，今日忆起，已近半月，提笔作文，想这乌丹采风真是好事成双，说景致，有大漠和草原；说人事，有时刻将学生放在心上的老师和处处将环保落实脚下的学生。种种好事，一言难尽，我且说一说这与玉龙沙漠刀锋和克时克腾鲜花的缘分。

玉龙沙湖是这里的著名景观，因给乌丹带来"玉龙之乡"美誉的玉龙在这里发现而得名。对于第一次见到大漠的我而言，这旅游景区的大漠并没给我带来荒凉悲壮之感，旅游的热度赋予了沙漠现代的喧闹气息，也同时扯去了沙漠冷峻吞噬生命的可怖面纱。下午四点，太阳仍是从头顶开始炙烤，沙子反射着阳光，蒸腾着热浪，同伴们赤脚踏上沙地，惊呼受不了。好在这热度与那传说中煮熟鸡蛋的沙漠还有距离，大家蹦跶几脚后也就适应了，大自然的挑战反倒激起我们迎战的英勇，带着欣喜、好奇，大家一起向前冲。

文学社的先锋队是周思远和曾令裕，初中的这俩小子，很快就把大家甩在后面，爬上一个山头振臂高呼。社长和我带着主力军，大踏步地往前赶，同时留心着石缝中的小草、沙漠中的幼苗，观察生命的多样姿态。殿后分队由晓蕾老师、李晨松老师、张丽君老师组成，她们兴致很高，老远就能听到她们欢畅的笑声，只是与主力军相隔渐远。

我们主力军一鼓作气往前冲，很快就征服了一些小沙丘。面对最高的玉龙沙山，我们商量了下："爬吗？……""爬啊！干吗不爬？"简单两句话后我们就决定勇往直前！必须承认这是有难度的，爬沙子坡，有下陷和倒退两个问题。不同于石山，脚踩在石头路面上，那是踏踏实实的，可以借助踏实的落脚前进；而这沙子坡，踩上去后它会向下滑陷，跨上去一步，却滑落三分之二甚至更多，而且前行的难度会随山体高度坡度增加而加大。

王博涵和张博君这两个高中小伙最棒，缓步走完长坡后，一鼓作气登顶。当我气喘吁吁距离最高处的沙脊还有二十步的近垂直坡面时，他俩已经笑看风云。对我而言，这二十多步很是艰难，为了克服迅速的滑落，我以最快速度连跨四步，却有仅仅前进咫尺的悲催感觉。体力的极限和手脚并爬的无效，突然让我很是气馁。当我坐下来大口大口喘气时，那个一直与我们随行的爬沙客鼓励我说："加油啊，你放弃了，学生也会放弃的。"是啊，咱可是老师呢，此时不能犯懒任性。小女生早就叫苦连天了，那个年龄最小的初中小胖孩儿早就手脚并用气喘吁吁，我若放弃，怎好呢？"老师，快上来啊，你现在能看到水吗？""我能看到的只有沙和远处的树。""你上来啊，上来就能看到水了。"王博涵可能是看出了我心中乏累，拿新目标给我鼓劲。我是爱水的，而沙漠里爬行的人更是期待水！我想象着那澄澈如碧玉的湖水镶嵌在金沙广漠中，看到生命之水的愿望撩拨起我最后的拼搏劲儿，我放匀速度，跨出大步，喘着粗气手脚并用地爬——爬——爬！终于，我上来了，终于像那两个小伙子一样征服了"沙漠刀锋"。这沙脊如利剑劈斩开来，这高度在大风下多少给人眩晕感，我在夕阳余晖中，任大风夹着沙子扑面砸来，颇有北方汉子的豪迈感，好一个爽快！

有时候困难就是这样吧，没跨过去时，感觉困难天大，感觉自己无力招架，会想放弃，可是，真的就差那一点点。就像体育运动时的极限突破，再坚持一会儿，再加快一点点，这在已经精疲力竭的时刻看似那么不可能，可是咬咬牙，还是能过去的，运动极限突破时、高考最后冲刺时、人生事业瓶颈期，应该都有那么点儿相似的地方。人生，处处有困难，又处处有拼搏，人之为人的生命精彩也正在此种境遇中绽放。

今日忆起，真说不清是喜欢玉龙沙山，还是克时克腾花草。前者让我看到自己生命潜藏的力量，让我体验磨砺后成功的喜悦，让我有所悟；后者完全以大自然的美拥抱你，身心处于极度放松和愉悦中，在那绿绿的汪洋草海中，处处有鲜花，各种颜色，各种形态，让爱花的女士们惊呼不已。

印象最深的是金莲花。起初我们不知这傲视群花的金色花儿叫什么名字，只是觉得所有花草中，它的金黄真是富贵霸气，可敌百花的炫目。一老师将它摘下传与大家看，说这好像是一种名贵的药材，有老师说花瓣多像莲花，这时就有了另一位老师惊呼："想起来了，这就是金莲花！"传说辽金时代最有名的女人萧太后经常冲泡此花饮用，因而皮肤白皙，直至中年以后依然青春靓丽，此花因此又被称作"养颜金莲花"，列为宫廷贡品。

而我印象还比较深的，就是九种紫花。在游玩之前，我就与学生们说，"乌丹"，乌为黑，丹为红，二色相和即为紫，紫为神秘色彩，乌丹采风，自是要去解开这"紫城"的神秘面纱，看看她有哪些迷人的景致。而克时克腾的这九种紫花，真是各以其特点迷人心魂。有如太阳花的，花心黄色，花瓣紫色；有如金钟倒挂的，长长的淡紫色花瓣拥抱着深紫色的柱状花心；还有的是春梅的形态，淡紫花瓣如绢柔软，五片花瓣温柔地向四周舒展，中间的花蕊长须上点着紫得近黑的小豆；还有野豌豆花，比城市小区里能见到的豌豆花要精致小巧得多，如槐花一般成串地结满枝头；还有如海棠一样地先攒成花球，再繁星一般地散落在一片草地上；你若见惯了圆形花瓣，这里还有菱形花瓣；你若厌烦了淡紫色，这里还有紫中偏红，淡紫染粉；只是遗憾于我不能专业如植物学家，不能念着名儿地告诉你它们种种的美丽。我惊讶于克时克腾竟有这样多紫色的花朵，我隐约觉得这又是大山的灵仙儿在满足我揭开"紫城"面纱的愿望，于是，我将一朵朵紫花摄入相机，待以后闲暇时再细细欣赏。

乌丹紫城，碧龙陶凤之乡，短短几天亲密接触，我如蜻蜓点水般地匆匆掠过。对此地所知甚少，就会好奇愈多；所知甚少，又能在短暂接触后感受颇丰，是不是恰好说明这是一座文化底蕴深厚的城市呢？乌丹采风，不虚此行，在这北方古城中，我清醒了，又陶醉了。

2015.8

薄祭青春

当然，青春会落幕——这是你我都知道的事实。青春不老，这说的是一种态度，持这种观念的人，精神可嘉，勇气可敬。而你没法漠视的是，那爬上眼角的皱纹，那攀上鬓间的银丝，还有大脑变慢的节奏，脚下迈不快的步伐。最可怕的是健忘症附体，直逼《百年孤独》中生活用品都要贴标签的速度。

当你我都不可避免地走上衰老之路的时候，我们不服输地高呼"青春不老""青春永不落幕"，我们倔强地想要留住更多的青春力量，但是，身处人类科技文明比较发达的现代，对生命的认识越来越清晰，在知道了"理性"不理性之后，我们更信服"自然规律不可抗"。为什么还要倔强地抗争生命衰老呢？为什么还要否定既成事实呢？真正成熟的生命首先是能够承认事实的，他接受现在，静看生活。于是，我们带着成年人，或者近乎老年人的淡然，微微一笑："青春落幕了。"

"祭奠"，这是多么沉重的一个词语啊！一看到这个词，我的眼前出现的是黑黑的棺木，一片片的黑衣服、白丧帽，有点儿亮色，那是菊花，明亮的菊黄怎么也似乎蒙着一层黑呢。还有，严肃悲戚

85

的表情；还有，满脸的眼泪鼻涕，拉长了的哭声。

然而，在语言爆炸的今天，"祭奠"一词在我们这个时代被滥用。一个高考生，在他的作文中起了这么个标题——祭奠我的十八岁。前两天，我们批阅会考卷，同组的老师说："好好祭奠一下这次阅卷，以后会考变成国考了，我们再不可能如此阅卷了，这是最后一次了吧。"祭奠，祭奠，原来一个披着黑色长袍的词语可以这么轻松地使用，我们无非是用那么一个沉重的词语表达对某一节点的重视，一种略微有点儿郑重的态度。那好，今天我也来祭奠一把，以此表达我反观逝去的青春时郑重的态度。

昨天，就是昨晚，我拼命地抑制了一下我的泪腺。因为，在地铁这种嘈杂的环境；因为，三十三岁的我；怎么可以拥抱对方任由泪水汪洋恣肆呢?！还是那白皙透红的皮肤，还是那苗条的身姿，但是，已脱去了稚嫩，当当当的鞋跟砸出生活的快节奏，虽然找不到皱纹和赘肉，虽然依旧年轻，却不是旧时模样。

我们在年华最好的岁月相遇，相伴四年，一起从小孩儿变成大人，是的，我的大学室友，看到你，我似乎看到了过去。原来，如果这个人曾伴你走过那么一段岁月，她的出现，就意味着一段记忆的复苏，而十年的时光迅速拉短，拉回到十年前的那段时光。

就是这样，虽相隔千里，相隔十年，当她熟悉的语调像机关枪一样突突突地响起，那个直爽率真的姑娘立马唤醒我十年前的记忆，我们在一起还是老样子啊。我用脚佯踢她，用手拉她衣襟让她拉好衣服别着凉，不经意地却用心观察她的变化，哈哈哈哈，还是那个她！多么熟悉，多么亲切。能如此熟识而心间无隔的朋友不多了啊。

点了什么菜，我们也不知道，瞎划拉几笔就点好了菜；吃什么，也不是我们太关心的，嘴巴很忙，解决肚子问题是附带的，关键要解决感情饥饿，不和一般人唠的嗑，这会儿都嘴巴不把门地倒出来；曾经抑制的情感，终于找到了宣泄的人。朋友，这就是真正的朋友吧，无戒心，只慰藉。

…………

风好凉，现在是晚上八点，我们仅仅是在一起待了三个小时。家里有等着我回去读故事的宝宝，这边是久别一见的老友，瞬间我们又要各奔东西了，短暂得像不曾发生过。冬天，白天刚刮过七级风的晚上，天好冷，我们在路上站了好久，车已经来了，必须要走了。好吧，爽快一点儿，我钻进了车里，唠唠叨叨地和老公叙说起这十年来我们的变化……

今天，我仔细地把 2015 减去 1981，我清楚地确定，我只有三十四，正当年轻啊，我们还有机会再次相聚吧。言说祭奠实在是太早了，那么，我用这样一个词语吧——薄祭。

年轻的你我，生活匆匆，匆匆之间，你我老去。感谢一路的陪伴，珍惜短暂的相聚，人生，不过百年，让我们在记忆回味中珍视现在。

2015. 1. 17

粽　香

　　午觉醒来，常常恍惚，不知人在何处。那份宁静，让我的感官变得极其敏锐。眼前白色墙壁上，投映着透过窗帘斜射进来的白亮日光，一动不动，仿佛时间已停滞，如同年少时在我那浅绿色小屋里午后醒来所见。鼻子闻到了粽叶的香味，但粽香中搅着蜜枣的甜得腻人的气味，这又不同于年少时闻到的淡淡香甜。许是不同城市的枣子味儿是不同的，这就直接决定了此粽非彼粽。

　　我爱吃粽子，小时候，端午节前后，总能吃到妈妈包的粽子，大大的钢筋锅放满粽子，开锅后就满院飘香。这沁入心脾的粽子香就成了我关于故乡关于老家的一缕记忆。

　　婆婆也常包粽子给我的小娃吃，小娃喜欢那糯米和甜枣，然而，我每次吃这粽子总是滋味难辨。总是满心都在寻味小时候吃到的粽子：四角菱形的粽子，轻松地把粽叶一抖，粽子就滚落碗中，轻轻地咬一口，松软的糯米就进了嘴，伴着鼻尖淡淡的粽叶香，三五口就吃完了一个粽子。婆婆包的粽子却不是这样：粽子是五角的，形状有些像漏斗，婆婆手劲大，米裹得多而紧，蒸熟了的粽子糯米挤压得已没了米粒形状，嚼起来很筋道，却是费劲的。我常在咀嚼这

88

硬粽子的间隙使劲儿地嗅，细心品味那粽叶、糯米、蜜枣的味道，却总是泛起无尽的失望——都不是，旧时滋味总难寻。

越不得就越想得，于是就变成了，我细细嚼着这五角硬粽子，努力翻寻记忆，以期切切地找到那旧时滋味。于是想起了又一段幼时经历。妈妈带我逛街走到了皖北路，十点多钟时，小肚子饿了，东西大街上常有南北向的小巷，拐进去，没了大街上的繁华，却净是各种美味小吃：撒汤、粉鸡、煎粉、蒸糕、卷馍……此时忆起，都会令我口舌生津。妈妈常常会买两个粽子，那粽子，个儿大，一盘也就能放两个，但那清香、松软，是小时的我非常喜爱的，菱形白米粽上撒着红糖，晶莹诱人。

粽子，粽子，交织着我的故乡、我的亲人，成了我魂牵梦萦却再难品味到、再也回不去的过去。

五年未归家的我，今年春节归去。母亲把端午节就备下的粽叶从冷冻室取出，念叨着："说端午节回来，你爸就赶紧把粽叶买了，又没回来。放到现在，叶子都不香了。"娘儿俩坐在小桌前，十来分钟就卷了九个粽子，放在小锅里煮。我在里屋与父亲聊天，就听见母亲嚷道："散（sǎn）了，散了。"跑到厨房一看，母亲正把那没散叶的粽子从锅里夹出来，放到蒸锅里去蒸（怕再煮下去还会散叶），散开的粽子就煮成了粽叶粥。我不在家，妈妈是不包粽子的，这些年妈妈吃的都是小姨给送来的粽子，久不包粽子了。这次用来缠粽子的线不是棉线，太滑，锅里一煮，咕嘟咕嘟的沸腾中线就散开了。我这回是又喝粽叶粥又吃粽子，蒸熟的粽子是不能轻巧抖落碗中了，也有清香，入口也软，只是，不是小时候的那个味道。

哲人说，人不可能两次踏入同一条河流。任何经历都不可重复，过去的日子，旧时的滋味，只能存活在记忆中，不可再现。而我又何苦被旧时滋味缠绕，不能尽品今日生活的美好呢？

我的母亲饭菜做得清淡，而我也一直不适应婆婆那略微咸一点儿而酸甜苦辣麻五味俱全的饭菜。当我想明白一些事以后，我开始多了接受与欣赏。婆婆就是我的第二个母亲，相处久了，新的习惯、新的滋味、新的记忆也就有了。而幼时记忆中母亲做的饭菜的滋味，今日已难寻。不管是哪样菜，十七年后的今天，再次做起，许是母亲口味已变，许是技艺生疏，许是我的味蕾已发生变化，真的是再也回不去了，留下的只有无尽的惆怅。

关于记忆，关于过去，常常是我们确认自己的一种方式，然而，时光匆匆间，过去的一切都只能在记忆中复活，现实生活中是再也寻它不得了。是不是正因为昨日不再，我们才会眷恋不已？如果眷恋不已，只会徒增烦恼伤感思绪，何苦极力追寻、不舍放下呢？所以，关于过去，在怀旧的色彩里留存一些温馨，也就够了。自当扭转头来，微笑着行走当下。接受、欣赏今日的一切，才能拥抱更多的温暖。这，是应有的生活态度。

2016.2.16

秋光静美

春天是充满希望的，满怀着各种各样的希望，人又是躁动不已的；夏天是充满激情的，火热的太阳下是奋斗的人们，挥汗如雨却又喜滋滋的；冬天是一片沉寂的，走过春夏秋三季，人已折腾够了，只想美美地睡一大觉，冷冷的空气暖暖的被窝。只有秋天，是恬静的。春日种苗，夏日耕作，秋天迎来丰收，就像一个怀胎十月的母亲，静静地拥着新生的婴孩甜甜地笑着。

就是那样一个恬静安宁的秋日午后，我和刘老师在潞园惬意地漫步。银杏树一身金黄，惹得刘老师驻足拍摄，我则得闲望树遐想：这排银杏树身材纤细，犹如身姿苗条的姑娘，她们穿着裙摆繁复的华丽晚礼服，像要参加盛大的舞会，舞会所在一定是童话一般的金色大厅，姑娘们衣裙摆动翩翩起舞。

秋光明亮，让人退去浮躁之气，可以静静地走，静静地想，是可谓之"静美"。而我于这午后和刘老师一起静静散步，另有收获。

潞园多嘉木，或百岁，或幼年，自然是能陶冶性情、沾点儿灵气、长点儿见识的。看过黑枣树、明开夜合、松柏，我突然想起郁达夫笔下的"像花而又不是花的那一种落蕊"来，于是向刘老师请教：“那落蕊到底是什么呢？”“不是花吗？”“是花又为什么说‘像花而又不是花’呢？”“走，我们去看看树牌的介绍。”远远地，看到主甬路上合抱粗的大树，刘老师就指给我说：“看见那裂纹很大的树了吗？那就是洋槐。”走到跟前，刘老师读着蓝牌上的介绍分析道：“‘洋槐，又名刺槐，蝶形白色花，花期四五月份。’郁达夫《故都的秋》写于八月份，落下来的不是洋槐的花，我们再去看看国槐。”走到一个树纹开裂较小的大树边，刘老师让我看上面蓝牌上的介绍：“国槐，……花期七八月……”“这落蕊应该就是国槐的花了，只是郁达夫也许觉得它身形太小算不得花吧。”看到这样的介绍，我猜测着。“也许吧，走，我再带你看看那株让黄昆楼为之让地儿的树。”潞园里，秋光下，我跟着刘老师，走向那参天古木……

槐花落蕊，教材里的一个问题，刘老师带着我寻找答案，从不曾信口开河，这种做学问的求真精神，是刘老师给我的学业指导。而我跟着刘老师，不仅长知识，也学做人，她常常跟我说：“踏踏实实干活，干好自己的业务，才能站得住。”在这个浮躁喧嚣的世界，若没有自己的坚守与追求，生命无依，自会随波逐流，在熙熙攘攘纷扰不休的当下，如果让自己习惯于盲从盲求，那么，在生命将终之时看到的自己，该是怎样的奇怪模样，怕是离本真的自己会十万八千里吧？

秋天，是一个美好的季节，她让我体验到一份宁静，让我得以静静地学习与思考。“结庐在人境，而无车马喧，问君何能尔，心远地自偏。”虽然，我的心境远无陶潜安宁，然而，在这个秋天，我似乎已在跌跌撞撞之间找到了一条路，心有所依，人渐安静，我会踏踏实实、尽心尽力地走下去。

2016. 6. 22

我家来了大学生

那天，骑着自行车走到南街路口的高墙下，交通有点儿堵，我缓慢地跟在一辆面包车的后面，突然，一股柴油气味儿飘进我的鼻腔，瞬间，小时在她们屋里闻到的气味冲醒记忆，顺着这丝丝缕缕的气味，我的幼时记忆复苏，我想起了她们，想起了我的一段生活，也找到了自己当年继续读书的原因。

那年我大概五六岁，我家有前后两个大院，每个院子都是四合院落，有许多厢房。爸妈是药厂的工人，厂里分配来一拨大学生，十来个人，没有宿舍给他们住，厂长就打听到我家，签好了合同，租下四间，给这些大学生住。我在晚上吃饭时，听爸妈说到了这事；第二天，就看见妈妈蒙了头巾穿了围裙，绑着一个笤帚除尘洒扫；又过了几天，大学生就来了。

最初，我只是站在门口看，小伙子多，分住在前院一间后院两间，姑娘有四个，和我们一起住在前院，就住在我隔壁的那间厢房里。

后来，姑娘们经常到我家借东西，火柴啊，电筒啊，慢慢就和我熟悉起来，也招呼我去她们屋玩儿。于是，我走进了一群女大学生的世界。

有一个上海姑娘，长得最好看，烫着齐颈的波浪头发，发质不是黑亮的那种，微黄，柔软，皮肤白皙，纤瘦的身材，瓜子脸。后院的小伙子最喜欢和她说话。她脾气也好，经常看到她和大家说笑着进了大门。那群小伙子还喜欢逗另一位姑娘，是齐耳短发的，牙齿特别整齐、皎洁，但是大家经常喊她"小气包"，说她动不动就生气。

还有一个是"傻大姐"，一个是"有主意"。"傻大姐"嗓门大，热情，整天乐呵呵的，经常把各种吃的塞给我；"有主意"的床上经常挂着个布帘子，天天不知道在里面干什么，见面常常抿着嘴对我笑，连说话时都是笑模样。

她们最常跟我家借的是火柴、打火机，因为经常要引燃酒精炉烧吃的。妈妈忙不过来时就喊我给她们找，我找到了就送过去，这就看到了她们的日常生活。

"傻大姐"经常拿着一块方便面啃，再喝点儿白开水，午饭就解决了。"小气包"偶尔也干吃，大多数时候是用大茶缸泡成松松软软的吃。上海姑娘和"有主意"是经常要煮着吃的，说是这样吃才筋道。

就是在她们那儿，我第一次看到了方便面。"小气包"端着热气腾腾的大茶缸，用筷子挑起面来，长长的一大串，跟弹簧似的，奶黄色的面条是鸡蛋面？即使是"傻大姐"的干吃，都给我无尽诱惑，那叫一个嘎嘣脆，比我吃过的饼干还要脆还要香。

估计我那时一定是满脸的羡慕和贪婪，小孩子哪懂得掩饰呢？"傻大姐"用塑料袋给我装了两块面饼，让我拿回家吃。

后来，她们每次要去采购时常跟我妈打招呼，也给我家代买两包。就这样，我成了同学中那拨最早吃过方便面的孩子，聊起天来好得意，感觉好时尚呢！

上小学后到了寒暑假，大人天天忙得见不着人影，我实在无聊时就会往她们屋里钻。女孩子的屋子有着很浪漫的气息，她们静静地靠坐在自己的床上，床头放着小零食，鼓鼓的腮帮子里不知道含着什么，眼神专注地盯着手里的书或封面亮丽的杂志，轻柔的音乐飘浮在屋子里，女生宿舍才有的淡淡的香味弥漫开来。我钻进去时，常常是个不速之客，但又因为是个小孩儿，她们也不大在意，或者抬头笑笑，或者招个手，也有时会搭理我。"小气包"就常拉我到床沿边坐下，把自己的好吃的拿给我，其实，"小气包"从没跟我生过气，弯月般笑着的嘴特别亲切。有时也会跟她们一起到男生宿舍去玩儿，常常是打扑克牌。输了的在下巴上贴纸条，最漂亮的上海姑娘牌技最差，或者是大家成心捉弄，总是下巴贴满了，嘴巴里还有要抿着。但她不生气，随着大家笑自己也笑，清脆的笑声和花样的容颜洋溢着青春的美丽。

前后街坊都知道我家住着一群大学生，说起时也满是欣赏与羡慕。"都在化验室呢！哪像我们，挖料，包装，累个臭死！"这些话一定也影响了我，好好读书，上大学，就能过上和祖祖辈辈不一样的生活吧？像那群大学生一样浪漫、轻松。

后来，有天我跟爷爷去姨奶奶家喝喜酒，越过一个干涸的沟渠，走上田埂，小小的我跟在爷爷高大的身躯后。我也不记得当时在跟爷爷聊什么呢，我的记忆里只剩下这个画面。是爷爷在我上了大学后总喜欢念叨叨地说："就知道我孙女能考上大学，那次跟我去喝喜酒，跟我说，爷爷，我也要上大学！"

1999 年，我和哥哥同时考上大学，成了我们那拨娃娃中仅有的两名大学生。

2017. 1. 23

相爱相离

小时候，我是很依赖母亲的，总是跟在忙碌的母亲身后磨来蹭去。待她疲倦时躺在床上休息，我就可以躺在很容易让我进入柔软乡的软肚肚上，或是依偎在她避风港一样的胳臂弯里。我与母亲也会有冲突，或许是要求得不到满足时，我会赌气地离开她，躲到后院自己用木头搭成的"狗窝"里，委屈一阵儿，然后在后院"寻猫问菜"，把老猫和它的崽子们兜在我的裙子里，看园子里哪些菜开了花，哪些又结了果。

我的女儿也像我一样依恋妈妈。只要我一下班，她就给我展示她一上午的画作，喊着我陪她玩儿各种游戏。但是一样的，我们母女俩也避免不了冲突。我生气、发怒，她哭泣、喊叫。冲突一旦发生，女儿也会远离我，她知趣地避开怒气冲冲的我，走向爷爷奶奶宠爱的世界——就像我当年走进生机无限的老家后院。

母女之间，就是这样相爱相离，越走越远了吧？

为什么会有冲突呢？大人有大人的想法，小孩儿有小孩儿的想法，虽然相爱，观点却不一致，于是就有了争吵、哭泣、生气。听过一个说法，孩子一旦出生，就是一个独立自足体，而不是父母的私有财产，要尊重孩子的想法。但是，听说过不等于做得到，尤其是在面对四岁的小孩子时。小孩子懂什么？当然要听我的！这是我难以避免的传统想法。所以，我和女儿就会发生冲突。

今年暑假，女儿四岁两个月，我们由姥姥家到了爷爷家。早饭因起床晚就没吃什么，中午饭是火车上的盒饭，也没扒拉两口，这晚饭该好好吃了吧？爷爷奶奶为欢迎他们的孙女到来，连买带做，准备了一桌子的丰盛食物。又甜又酥的黄桥烧饼，好吃！她啊呜啊呜很快就吃完了。看她这架势，我因吃饭而常常纠结的内心暂时舒缓了一下，这才有点儿吃饭的样子啊。可是——谁知道一场暴风雨将至呢?！接下来她是边吃边玩儿，发挥她"肚子三分饱，玩具少不了"的风格。磨磨蹭蹭，磨磨叽叽，一口食物嚼啊嚼啊半天才咽下，摸摸这个摆弄摆弄那个，一个不留神，粥碰翻了。她抽纸擦桌面，我趴桌子下擦地面。等我擦完地上的米汤坐下来，看到的是，她一张接一张地将纸巾覆盖在面前的那摊粥上，盖一张，用指肚压一压，发现印出一个指肚印儿，再盖一张，如此反复，已经是厚厚的一沓纸巾盖在那点儿粥上了。我大手一挥，她面前那沓纸就进了垃圾桶，我再扯张纸一擦，桌面就干净了。真不明白这么点儿粥，她居然费那么多纸巾还没收拾好！我厉声斥责："你吃不吃饭?！"出乎意料，她竟啪地往我身上打了一下："你干吗呀！拿我纸干吗?"反了你啊，不好好吃饭，你还打我？我把还剩一点儿粥的碗往我这边一端："你不好好吃饭干吗呢？不好好吃饭就一边待着去！""你怎么那么凶啊！"她哭上了。她一哭，我也没心情吃饭了，我拉她手进屋："走吧，都不吃了，你好好哭!"

那天，女儿狼号了好长时间，后来跟着爷爷奶奶到另一个屋去了，我抱着双膝靠在床头。电视荧光屏上映着一个蔫头耷脑垂头丧气的人，我时而看看屏幕上的自己，时而看看外面漆黑的夜色，细细梳理刚刚发生的事情，情绪久难平复。

现在想想，其实很简单，她要游戏，我要吃饭。她吃了一个小饼，肚子不饿了，虽然也没饱，但这个米粥泡纸的游戏很好玩儿啊，要多少张纸才能不再被湿透呢？一张，再来一张，再来一张，人家那兴许应该叫作实验吧，好玩儿着呢。这么大的孩子，还随时能被好玩儿的事情吸引得偏离了主要任务。"吃饭哪有游戏重要呢？"——这是她后来告诉我的小孩子的想法。而我这个妈妈，更在乎的是好好吃饭长身体。两人没想一块儿去，怎能不冲突上？不过，如果我当时想一想问一问她到底在做什么、怎么想，我也许不会情绪失控，也许会想出更好的解决办法。

还是会琢磨那个道理，孩子不是父母的私有财产，父母不能左右孩子，他不会按你的意愿走每一步。大人与孩子之间必然会有不合拍的地方。做母亲的，不必为此生气。能做的是什么呢？平静地与孩子沟通，了解她的想法；同时告诉孩子，妈妈是怎么想的；与她一起比较当时如何做会更好一点儿。

当然，我这是事后诸葛亮。我常常是在不明白她又控制不了她的时候生气、发怒，我没控制好自己。

父母不想看着孩子重蹈覆辙，总想给他前车之鉴，但是他很可能当时一意孤行。家长能做什么呢？只能告诉他，你的想法可能会带来什么结果，我建议怎样做更合理，然后走开，让他决定采用哪种办法，让他在经验教训中成长。

又想起青春期与父母争吵不断的孩子们，还会想起自己大学毕业执意离开家时的样子。孩子坚决要做一件事，而且有自己的许多理由，坚定必须如此；而父母也有理由坚持不让孩子那么做，两人站在两个不同的观点上。于是父母走进自己的卧室，关上了门，孩子推开客厅的门，走出去，抬头看那片蓝色的天空，虽不确定，但觉得很自由。

相爱，但不能避免要相离。好像是龙应台说过类似的道理，恋人相爱，相爱相聚；母子相爱，相爱相离。好伤感的一件事啊。

2017. 2. 6

思考两代人相处

许多家长都觉得六岁前的小孩儿最可爱，他依偎着你，紧随着你，哪怕有时有点儿小主意也拧不过你；可是随着孩子长大，他越来越有自己的想法，亲子之间会出现种种矛盾冲突，这时该如何相处呢？

首先要尊重孩子。我们看《家》《四世同堂》，对于觉新、瑞宣，总觉得很悲剧，他们为了大家族和睦，常常牺牲自我；老太爷的想法就是圣旨，不能让一家之尊长不开心，对于那专制的老太爷，必须服从。这是从两千年的封建社会沿袭下来的两代人的关系——专制与顺从，这就是君臣父子之纲。时代在变，《四世同堂》中，老太爷用大缸顶好门准备好三个月口粮的做法再也行不通了；走过封建文明、工业文明，现在是信息时代了，社会发展如此迅速，"老太爷们"再也应对不了这个时代，只有新一代的"觉慧们"是时代骄子。而今天的孩子注定要成为一个时代的中流砥柱，如果他们是"老大"那样的乖顺无自我之人，他们会让自己痛苦，会让民族悲惨。所以，尊重一个孩子的自我要求，听听他的想法，鼓励他去做可以做的事。

其次是控制情绪。我现在才深刻地意识到了这个问题。我有些偏于感性和情绪化，以前也没觉得这有多么不好，我觉得这是真性情，我喜欢真实的状态。直到孩子出现，直到我的情绪失控伤害了我的孩子，尤其是想到，如果有一天，她也会像我一样因情绪失控而给自己带来麻烦时，我突然意识到：我必须学会控制自己的情绪，同时教导她控制情绪，而不能像以前那样任由自己陷入情感的旋涡，任由情绪之灾泛滥。这两天的新闻里说起一个叫小勇的男孩儿，他因不满妈妈多次喊他起床，一怒之下跳楼了。这孩子脾气太大，太任性，所以他会成为冲动恶魔的傀儡。如果想避免任性与冲动，在这之前，就要有约束，就要有修身养性的历练。"每临大事有静气"，这临事前的静气是提前养出来的。"宠辱不惊，看庭前花开花落。去留无意，望天上云卷云舒"，这等气定神闲，是日修月养沉淀下来的。有修养之人，怎可能做出如此大脾气之事？所以，父母与孩子一起，早早做起情绪的体操，读书听曲锻炼身体，这些事情对修身养性都大有裨益。

最后要说沟通的事。沟通很重要，这是化解代沟、叛逆的最好办法。可是有个问题，父母跟孩子沟通吗？孩子跟父母沟通吗？怎么沟通？我能理解那个跳楼的小勇和离家出走的雪琳，在我上初中的时候，我觉得父母怎么那么不重视我呢？怎么那么不理解我呢？我在哭得稀里哗啦之后也会想起沟通，当我把泪迹斑斑的信纸塞到妈妈枕头下后，窃听到她跟爸爸居然说我"又发疯呢！"我的母亲有时是不把我当回事的，忙完工作忙家务，忙着呢！没空！而《亲爱的安德烈》中出现的余意妈妈，则是一个典型的固执己见拒绝沟通的母亲。遇到这样的父母，我只能说，孩子，你必须比你的父母理性、成熟，这个要求有点儿高，但是有些孩子确实做到了。还有孩子不愿跟父母沟通，原因太多，对于这些孩子，我想说，先学会跟最爱你的人沟通，借此你就学会了与其他人沟通，否则你不仅在家里孤单，步入社会后你还会面临着沟通难题。最后要说这个沟通方式，在《触龙说赵太后》这篇文章中，触龙迂回前进，最后教会了赵太后理性的爱。生活中太多的事都是具体的，所以开动脑筋吧，这是在锻炼我们解决问题的能力，以后的生存中，办事能力那是绝对的一级重要！

最后还想说一点，人是有可能在狂暴之下选取极端手段的。这不仅是情绪失控，也关乎价值观。跳楼、出走，我把它们界定为自我伤害的自戕性行为，这是漠视生命，糟蹋生命，以自戕来唤醒父母、对抗父母是幼稚不成熟，是以残忍方式对待有生养大恩的父母，可以算作没良知没良心。

两代人之间肯定有矛盾，这是生活常态、生命必然。当那矛盾就像史铁生十岁时和母亲的小摩擦，无甚大碍时，打打闹闹也是温馨。但是我们不是想让两代人之间关系铁得足以共同应对人生难题吗？不是想相亲相爱相伴相乐吗？所以，如何处理好两代人的关系，值得我们用心思考。

我上面说的都是从道理上来讲的，还有同学告诉我一个不讲理的办法，那就是——爱。是的，两代人之间有时是最没理可讲的，爱就是一切！因为爱，你不理我，我一定要理你，你让我生气恼怒千百遍，我还牵挂担忧时时念；因为爱，所有的打打闹闹都是过眼云烟，父母一如既往竭心尽力为孩子做一切，子女也会放下小情绪，抹干小眼泪，笑逐颜开欢天喜地。爱就是一切！

龙应台在《目送》中告诉我："所谓父女母子一场，只不过意味着，你和他的缘分就是今生今世不断地在目送他的背影渐行渐远。"

当年明月在《明朝那些事儿》中告诉我："在这世界上，所有的爱，都是为了相聚；只有母爱，是为了分离。"

于是，我清晰地认识到，孩子最终会离开父母，在我们相伴的日子里，愿我们珍惜彼此，和睦快乐地相处。

2017. 3. 2

忆 高 考

明天是全国高考日，我在幼儿园门口等着接孩子时，就听见家长们热议着高考。

我们这一拨家长大多是在十七八年前参加高考，考试时间与现在不一样，那时有"黑色七月"的说法。天热，高考有压力，七月也因此变成了黑色。

参加1999年高考的还遇到许多新鲜事，就像当年那个计算机问题"千年虫"一样新奇。高考开始改革，就科目来说，是"3+2"，除了语数外三科统考科目，文科还考政治、历史，理科还考物理、化学；就考题来说，那年作文题就是一朵大奇葩——假如记忆可以移植，一改以往写现实生活的老题型，据说引导了想象力的培养。

高考，这个全国大事，至今还影响许多人的一生，难怪每年都成热门话题，难怪每个人都有深刻的记忆。

成为老师后，我年年经历高考，不是监考，就是自己学生考，参与高考已经成为很熟悉的一项活动。按说经历的次数多了，也就没啥感觉了，但今年，我还是隐约有一点点紧张，知道明天要做一件重要的事。明年？后年？也许这种紧张感都不会散去，因为是太重要的一件事情吧。

那年，我也是紧张的，但又不仅仅是这一种情绪。其实准备了那么久，越是临近越有一种迫切——快点儿到来，快点儿结束。还有一种茫然感，一颗心就像在一个空旷的大操场上，不知道到底会遇到什么。唯一能让自己舒服一些的方式就是按部就班。我像每次大考前一样，完成每晚的规定动作，也就是把笔记本再翻阅一遍，迅速飞快地翻阅，每一页都那么熟悉，像是在看，又像是在想，全部翻了一遍，就像把所有的重要信息又在大脑里复印了一遍一样，然后就躺在我的大竹床上，看着吊扇呼呼呼地飞转，内心深处有个声音在说："不会失眠吧？失眠也没事，老师说了，失眠是正常的，丝毫不影响发挥，哪届的谁谁谁失眠了一样能考上……"渐渐迷糊，渐渐睡去。一觉醒来，已是天亮。

早晨，像往常一样，哥哥喊我起床，走到我门口，他问我睡着了没。我说，睡着了，你呢？哥哥说，也睡着了。这年，我是和哥哥一起高考，我这个没人带的孩子被哥哥拉着一起上小学，一路跟上来，就是十二年。

考点是我初中时的母校，离家很近，我和哥哥吃完妈妈准备的丰盛早餐，拿着笔袋，溜达着就到了考点大门外。那会儿最热闹，有同学的眼睛跟大核桃似的，红红的，说是没睡好，哭的；还有的很兴奋，大声说着昨晚上做了什么梦；当然也有好朋友围一堆聊天的。最惊艳的是我班的才女，竟然穿着一件雪白的像婚纱又没那么夸张的礼服，精心梳理的麻花辫垂在两侧，还化了妆。高考，真是件神奇的事，挑战着少年的神经。

两天半的时间，转瞬即逝。我记得考完后，我把院门一关，满院子地疯跑，好痛快啊！

所以，高考，是许多人都会经历的一个节点，其间有大幅度情绪起伏，有丰富的情感体验。经历一次，挺好。

2017. 6. 6

月光清泠泠

夜晚，四合院，光脚丫的小姑娘，踩着热乎乎还未散去暑热的大地，在两株葡萄间拴起猴皮筋，轻盈地跳跃，马尾辫上下跃动。小姑娘边跳边唱："二五六，二五七，二八二九三十一……"

这样欢快的夜晚，只有在明月朗照的时候才能享受到。月亮，尽洒一片清辉，给漆漆夜色带来几分水的清澈和玉的温润。我可以在院子里撒欢儿，也可以在大门外用红薯藤比跳绳，还可以溜到邻家萝卜地里偷凉莹莹的胡萝卜……

有明月的夜晚多么美好啊！清爽爽的月色，清凉凉的晚风，清泠泠的笑声——就像"清泉石上流"，叮咚悦耳。

长大了，也会看月。身在异乡，会像苏轼一样，在月圆之夜感慨："但愿人长久，千里共婵娟。"会像贺铸一样，在月明之夜低吟："弄影西厢侵户月，分香东畔拂墙花。"此时看月，再难像小姑娘那样欢快，多了几分复杂滋味。似水流年，生命匆匆，从一个城市到另一个城市，我的朋友换了一拨又一拨。未曾离去，常伴左右的，竟是天上那轮明月。月亮于我，已是永不舍弃的朋友，这个老朋友，真真能够带给我许多欢喜。

人生幸事之一是在美如诗画的环境里工作，而我就有幸每日流连于诗意潞园。现在是仲夏时分，潞园里已经绿意葱茏，浓荫遮蔽。晚上行走于此，夜色漆漆中有点点路灯光——文彬路靠红楼的那侧是高不及膝的小灯，银杏下的洛宾道，草坪间的绍棠路，也是这样间隔点缀小灯。这时的校园很是静寂，我可以静静地来，静静地走，静静地想着心里的那点儿事儿。

只有到了明月之夜，潞园容色顿改。一出楼门，天地间一片清辉引着你举头遥望，就在日晷前的那棵大槐树上，明晃晃的一轮满月。月上梢头，却不是夜静人初定，下了自习的学生如同出笼的鸟儿，三五结队，因这朗朗月色而欢欣雀跃，沉寂的夜晚被激活了。我骑上自行车，穿行于主甬路，认识我的学生会大喊"老师再见"，那声音比白天大许多，月色给了他们自由，声音也无拘束地放大了。调皮点儿的还会坐到我的小黄车后，央我载他一程，车子左右摇晃间就把他吓跑了。这群少年给我那渐趋沉稳的生命染上了青春的明丽，与他们在一起，你会感觉到年轻而富有活力。他们那蓬勃勃的生命有着强烈的感染力，让你踏着单车的双脚突然焕发能量，轻快地踏风而行。相伴少年，染色青春，这样的幸福，只有老师有幸享受。如果没有月亮，我怎能如此清晰地体味到自己的幸运？

所以，我感念月亮，感谢她给我的人生带来一段段欢快时光。

只是天上一轮明月，再黑的夜晚也变成了澄澈泛着光泽的深蓝海水模样。那月光，带着梦幻的神奇，带来玄妙的快乐，也敞亮了黯淡寂静的人心。人生，何需太多？朗月清辉就可以带来幸福。内心被洗涤得没有纤尘没有杂质，生命随月光舞动，如此简单，如此丰盈。

我愿意，就这样，伴明月一轮，拥幸福人生。

2017.6.27

徽 州 行

徽州，黄山市旧称。2017 年 5 月 23 日，我随学生游学，短暂停留五日。

渐渐地离黄山近了，云雾缭绕的墨色山峰引得学生惊叫，身后女生还吟起了李白的《庐山谣》——"遥见仙人彩云里，手把芙蓉朝玉京。"而我则被朵朵白色玉兰吸引。在北京潞园，人民楼前的玉兰花可谓春之使者，她的盛开宣告春的到来。而此时，北京玉兰香消玉殒，只剩绿叶浓荫；车行路上，竟在绿色山林间看到朵朵舒心绽放的玉兰！这是高山玉兰，花叶同株，在繁复的碧叶枝头，开出花瓣大许多的莲状花朵。绽放的玉兰给我无尽期待，长江南岸的山林间，应该还有许多美丽的花儿。

下了车，迎接我们的是细密的雨丝，太阳已经出面驱赶阴雨，亮堂堂的天地间，热气飘忽，带给我们很强的闷热感。导游说，现在是梅雨季节，阴雨天是经常的。细雨绵绵浸润了徽州风物，花草树木别有姿色。就说路边常见的冬青树吧，变得都让人认不出来了，它们一改四季不变的绿色，染了红色头发。我权且把它们也做花儿来欣赏。

道路两侧随即可见迎风招展的夹竹桃，开得正欢，洁白如瓷，红艳似霞，凑近闻闻，香气怡人。最让我激动的是杜鹃花与映山红，这边的导游把黄山之上花形相似花色不同的两株花树略作区分，白花的称杜鹃，红花的称映山红。杜鹃花已经由红变白，听说刚开的时候是鲜红的，渐渐容颜衰退，只留几缕残红，整个花儿已然成了白色，或残留枝头，或飘零落地，这让我想起杜鹃啼血的伤感，称其杜鹃花，正相宜。而那映山红，你拥我挤的红色花儿簇拥枝头，祥云一般，山路攀爬的疲乏之际，你一看到她们那让人欢喜的模样，随口就会唱出——"满山开遍哟映山红"。好一个"映山红"，映红了山，映红了水，更映红了游人的心情！

除了各有姿色的花朵，徽州于我印象最深的，是文字。

先从徽州府衙说起，穿堂过室，来到一个据说是知府书房的地方，迎面一块匾额，上书"清慎勤"三字，清廉、谨慎、勤劳，这是一任地方官对自己的劝勉与督促，只是匾额上的"勤"字与字典上的"勤"字不一样，不是我这微软输字法能够打出来的，匾额上的"勤"字在左边三横中少了一横。导游解说，少一横，是因为任你怎样努力，都是不够的。这是勉励知府更加勤劳、呕心沥血吗？如果为官者总觉得自己不够努力，日日夜夜事事努力，当地百姓该有多么幸福啊，能拥有这样一位勤劳为民的官吏，真是百姓幸事。从这一个改动之字，我看到了为官者的自勉精神，感慨百姓之幸。

在徽州的许多馆所，可以看到改动之字，真是删改一笔，大有讲究。比如陶行知被宋庆龄赞誉为"万世师表"，在陶行知馆的大堂之上，你可以看到匾额上的"师"少了一笔。繁体的"师"字，第一笔是横，这一笔省去了，据说那是因为，虽然宋国母有如此美誉，陶行知先生在近代中国教育史上也有突出贡献，但还是难与孔圣人比肩，所以要减去一笔，表示略低一等。还有女祠中的一块匾额上——"福我云礽"，这个"我"，中间的一横是断开的，说是在一个家庭里，女子要心中无我，才能家庭和睦，成为一个有福之人。再有谢裕大茶楼的"慎裕堂"，"裕"字第一笔也去掉了，富裕之后要谨慎，诗书治家方长久，儒商对财富、知识的态度就是不一样。

整个游学过程中，除了徽州的花与字，还有一事，于我印象深刻，那就是游学的人。

是在下山的时候，我们已经徒步行走了十公里，攀过了一线天，走过了光明顶，从北海开始下行。

下山并不是由高向低地一直向下，从一千六百一十米的北海，时而要爬上一个山头再扶着栏杆下来，这下山的路是上上下下完成的，7.5 公里的山路我们走了两个多小时。在这漫漫山路间，潞河学子的品格值得点赞。高二 7 班除两人乘缆车下山，大部分选择走下去。随着体质耐力的不同，队伍自然分成了两部分，前部分由李傲杰带领，急行军般地在 4:45 到达山脚；后部分由老师陪着，略迟二十分钟到达。我是在队尾的，我们行走得有些艰难，在走了两个小时后，大家觉得真的走不动了，怎么就这么长呢？突然间我们发现了竹子，从来没有像现在这么喜爱竹子，导游告诉过我们，看到了竹林，就意味着离山脚不远了。大家顿时像是突破极限之后能量大爆发，又能健步如飞了。就在一个许多班级停留的歇脚处，我们略喘两口气，继续前行，先是穆宇航，嵩不吭声地疾步前行，改变了倒数第一的位置；再是张紫琦，再也不需要我搀扶了，越走越劲；张珊也不再让亚尔肯江和李子龙驾着走了，说是"满血复活"。还有

111

身体略胖的韩阅章，那叫一个沉稳，虽气喘吁吁，但阵脚不乱，悠然摆动双臂，笑容可掬地一步一个台阶。最后要说的是王老师和她的哼哈二将——郑文杰和米日古，他俩一直陪在王老师身边，王老师许是平时锻炼不多，这时已是脸色通红，汗水淋漓。两个学生时而前面开道，时而左右搀扶，给力许多。在这第二小分队里，男孩子主动给女生背包，对女生呵护有加，各个堪称"暖男"。还有艾孜，一直给我们打头阵；还有玛丽娜，疲乏之间还不忘和我开玩笑。

最后想说的是茶园采茶的活动，那是最美的一天，采茶的姑娘挂着一个小竹篓，提断一个个小嫩芽，优雅地放入篓内，劳动的欢欣溢于言表。真是一群欢闹的孩子，有些男孩子手指不灵活，或是犯懒？茶叶采得少，怎么办呢？抢劫！随着惊叫与打闹，茶园笑声一片。

徽州行，看山看水，看花看草，更看人，处处都是美丽有趣的风景。

2017. 10. 6

结 婚 照

会在别人家的客厅或卧室看到靓丽的结婚照，就像电视剧里的那种，展示着幸福的婚姻。

我没有这种大大的结婚照，照片上的人或着婚纱，或着古装，像明星一样。这给我很不真实的感觉，生活不是这样的啊，我的生活与那种华美无关，我只要一份温馨，可能是质朴简单的，就像刷干净的水杯、刷不干净的油瓶，我在最初就没对婚姻有太多幻想，我在意的是一份真实温暖的生活。所以，我很少照艺术照，结婚时也没照艺术照。

如果在夕阳暖光中，我挎着他的胳膊走在回家的路上，我的脸上是宁静与幸福。如果有人帮我拍下这个瞬间，我觉得挺好，就穿着日常的衣服，可能脸上还有一丝疲惫。后来在小同事的结婚照中见到了这样一组照片，挺喜欢。而我们那会儿，更多是西洋婚纱、古典红裙。

结婚时的照片，我仅有一张。

2007 年 12 月 29 日，来到北京工作一年半的我，决定和他领证结婚，就是在民政局婚姻登记处，拍下了一张四寸大小的半身合影。

113

照片是红底的，新婚的喜庆色，白色边框，一份纯洁。两张年轻的面孔，带着距今久远的老时代的气息。他是白衬衫、黑色鸡心领羊毛衫、浅黑色的西服；我穿着粉色立领的衬衫、橘黄色拉链毛衣。面孔都是清瘦的，都还有着南方人的那种水润。他的头发长短刚好，不是新剪的那种太短，也不是该剪时的鬓角偏长；我的头发刚过锁骨，残留一点儿小卷儿，刘海有点儿长，四六分向两边，盖住了后半边的眉毛。他有浓黑的眉毛，我有红润的嘴唇。他的眼神深处有一份喜悦，但还氤氲着模糊的神秘；我戴着一副粉色半框眼镜，澄澈的眼睛很是平静。他的嘴角更好看，微微上扬的弧度透着这个帅小伙对生活的欣喜与热情，而我那似有似无的笑意，是因为我又在思考什么吗？是的，走神溜号是我的常态，这个世界有着太多的想不明白。

那个上午有些凉，已经是初冬了，肯定有风，进屋把外套脱了，理理头发，坐在长椅上排号聊天。带着对未来的憧憬与不确定，我们留下了这张照片。听说，登记处的隔壁就是办理离婚证的，结婚证是红本，离婚证是绿本，一墙之隔，一红一绿，婚姻的两种状态。

这张合影，和结婚证一起，锁在了抽屉里，而我的婚姻，也开始了柴米油盐酱醋茶的多种滋味。

2018. 7. 31

臭蛋的吃睡行

我现在常称呼她"臭蛋"，在多次抗议之后，她也接受我这么喊她了，毕竟她有时真的讨人厌。

就说吃饭这事吧，你准备了炖鸭子、炒芹菜，满指望她能荤素搭配合理进餐，你一顿饭吃完了，她一只鸭腿还没啃完；你碗都刷完了，她扒了半碗米饭，芹菜一点儿没碰；你桌子擦干净，把汤给她煨热，她说饱了，喝不下去了。她慢慢地啃，慢慢地嚼，她啃着嚼着的时候瞪着大眼睛好像在想什么重要的事。娃娃和妈妈怎么想不一块儿去呢？菜不应该都吃？饭不应该快嚼？汤汤水水不是必喝？于是"妈妈吼"登场："臭蛋，赶紧把汤喝了！"

"臭蛋"睡觉也烦人，晚上不睡，早上不起，经常是"妈妈，我还不困呢，我不想睡"，嘴里念叨着念叨着就睡着了；早晨起床那叫一个费劲，睡得死沉，你把衣服给她穿完，她还不清醒，到了周末，她能睡到八点钟！中午绝对不睡觉，玩儿娃娃，看书，一分钟也不能躺在床上。晚上一弹琴就困，一跳舞就没精神，你看她困了，说，那就不练了，洗澡吧，一洗完澡她又来精神，坐床上看一个小时的书也不困。

最艰巨的是出门上学这事，"臭蛋"就是个"磨蹭精"，早晨懒懒地下床，慢慢地刷牙，细细地嚼食，给她二十分钟早餐时间是绝对不够的！都七点十五了，她才刚吃了一个蛋一碗粥，你已经背好书包，恨不得插翅疾飞，她来了句："妈妈，我要小便。"你被急得要如雷暴跳，但也不能不让她小便啊?！"去去去。"然后她就进了卫生间，然后就像屁股给粘马桶上似的，半天才出来，接着就是当妈的骑着自行车一路狂奔。我会在路口左右张望，一看没有车辆，就闯红灯；我会在拥挤的非机动车道和电动三轮车抢路，我侥幸它会让着自行车。我深知这是危险的，可是我不想迟到！最晚的一次，我在预备铃打响的前一分钟把"臭蛋"送到了校门口，然后就看见"臭蛋"撒开蹄子跑向教学楼。

过了一周这样的生活，"臭蛋妈妈"厌倦了，于是坐下来和"臭蛋"谈判。

"早晨，必须六点半起床！"

"好吧。"

"起床后，不许磨蹭，动作麻利点儿！"

"嗯。"

"吃饭要快点儿，只给你二十分钟吃饭时间！"

"那好吧，我尽量。"

"臭蛋"也知道应该快一点儿，但，知道和行动向来是两码事。一个星期过去，两个星期过去，"臭蛋"越发出不了被窝，人处于被冷冻了的状态。早晨要好久才能化冻清醒，迷迷糊糊地穿衣服，趴在桌上让妈妈梳头，刷牙洗脸吃饭的速度有所提升，但是，早点儿出门，还是做不到！仍然是七点二十出门，妈妈依然在马路上做飞车党，"臭蛋"依然到了校门口撒腿狂奔……

小小"臭蛋"六岁半，现为一年级小豆包，她的妈妈有些急躁，等不了她的慢节奏，时不时会着急上火，被惹得发毛，但也只能大吼几声，然后抓起书包，走出门去——在外面等那磨蹭的小"臭蛋"。

2018. 9. 23

保护孩子创造力

我下午有事，要出去两个半小时，临行前，我和父女俩约好：爸爸指导女儿完成以"健康"为主题的画作。

四点半我回到家，女儿刚好画完：在半个地球上，中间有棵大树，大树有些特别——左边枝繁叶茂，右边枝丫光秃，画面被大树的中线分成两半，左边蝴蝶翩飞，生机无限；右边石头突兀，死寂荒凉。

"妈妈看看怎么样？"爸爸很满意地把女儿的画作递过来。

"这是什么？健康主题？"我甚是不解。

"对啊，人人都要守护健康的家园啊。"爸爸很得意地说。

我简直要发疯，这作业怎么交："一个下午你俩就折腾出这么一个东西?！文不对题！"

"怎么文不对题？"爸爸很是惊讶，"爱护环境，我们就生活在一个健康的地球上；破坏环境，我们就生活在病态的地球上，立意多好！"

"对啊，健康就是有活力、有生机。"女儿已被爸爸成功洗脑，完全是同一副论调。

我矛头直指罪魁祸首："没见过你这么大一人，还不知道健康是啥意思！'健'是人字旁的，当然是指人的健康，你没看题目要求吧?!"我翻出老师发的征集通知，严肃认真地念道："针对小学生应该掌握的基本知识和理念、健康生活方式与行为、基本技能，围绕个人对健康的理解、健康技能的学习和健康行为的实践，描绘自己或身边发生的健康故事。"看着不解的爸爸，我真的崩溃："当然要画人的生活，健康饮食、体育锻炼，这才是题目的意思啊！"

爸爸有些动摇："那怎么办啊?"

"重画！"妈妈着急又生气，真想把他俩胖揍一顿。

"我不干了，想画你指导她吧。都四点半了。"爸爸向来喜欢犯懒，这会子懒筋又展不开，耍起无赖来。

我累了一天，哪有精力再带女儿画画，只得让步："那你们就在左边加个做操的小人！"

"画面已经很满，加不进去了。就这样交了吧，不就是个作业嘛，做了就好。"爸爸想就此了事。

"连这么点儿作业都做错，交上去我都嫌丢人！"妈妈还在气头上。

"嫌丢人，你做！"爸爸也不高兴了，"你这是死板，怎么叫作错了，我就是这么理解的！地球也是有生命的，有生命就有健康问题，怎么叫作错了?! 就这么交！"

爸爸去打游戏了，女儿去玩儿娃娃了，妈妈生气地去做饭了。

…………

女儿睡觉前哭了："妈妈不要生气嘛，妈妈陪我玩儿啊。"

我有些心疼，可是想起父女俩做的作业，还是不想理她，没好气地说："睡吧睡吧，谁叫你俩作业没做好，也没时间重做了。"

"那以后还是你带我画吧，呜呜呜……"

我擦去女儿的眼泪，给她盖好被子，拍着她入睡，心中很郁闷。

第二天，我和张老师午间散步，提到了昨天发生的事情。她看了看画作的照片，又看了看题目，笑着对我说："我真担心，你会扼杀了孩子的创造力，孩子能接受爸爸的想法，有这样一个认识，很好。"

"扼杀孩子的创造力？这是我最怕的呀！"一心为了孩子成长的我，却无意中犯下这样的过错，我心里好委屈。

"父女俩设计的这幅画还是在'健康'这个大命题之下的，虽然与命题意图有点儿出入。"

"这样啊，那她的老师，能认同这个设计吗？我都觉得有点儿跑题，她的老师会不会也这么看？"

"那就不知道了，不过，孩子这样画，是可以的。"

好吧，我接受了张老师的说法，但在心里还是犯嘀咕：她的老师会不会觉得这幅画很奇怪呢？规范意识与创造力，哪个应该优先培养呢？

2018.10.5

我怕儿被聪明误

一年级语文书上那些汉字，洋洋都认识；而且她还会问我："妈妈，负 1 还能减 1 吗？"而她现在才学十以内的加减法。洋洋怎么会知道那么多？这真不是我教的，一切只因她爱看书。

洋洋识字早，近乎本能地有识字欲望，两岁起，她走在路上，遇到招牌等地方有字就会问，五岁时就能独力阅读，我俩经常在晚上睡觉前一人抱着一本书，各看各的。至于数学，我给她买了一套《今晚七点半，我家的游戏是数学》，但她并不爱看，而爸爸给买的两本像故事书一样的文字量很大的《奇妙的数王国》，她很喜欢，不记得翻阅了多少遍。

虽然上的是公立幼儿园，没学语文数学知识，也没有上学前班提前学习小学内容，洋洋在一年级知识学习上是没有问题的。但是，一个让我担心的问题出现了。一个偶然的机会，我因和数学老师沟通作业问题，听老师提了一句："孙怡然啊，她上课有时会走神儿。"我又想起她在数学这一科上两个月来一次也没评上"红花少年"，我开始担心她上课听讲不专心。

我不喜欢一发现问题就批评孩子，我仔细地寻找原因。她以前上的是公立幼儿园，班级上课这种学习形式她从没有经历过，她可能不会听课，虽然我一直跟她说上课要专心听讲，但实践起来，她不一定能做到。语文老师也问过我："她识字量很大，是吗？"对，因为识字量大，她没有陌生的字要去学习，老师教字读文时她就溜号儿，是不是有时在应该学习拼音、笔顺的时候也习惯性溜号儿了呢？

专心听讲的习惯如果不养成，错过了一些基础性知识，那以后学习难度加大，基础又不扎实，那不就学不明白了吗？我就教过很多聪明的孩子，课堂上很难专注在授课内容上，成绩上总是差那么点儿，倒是那些不是最聪明可是很踏实的孩子成绩最棒。

我突然想起《伤仲永》，那个五岁作诗可观的孩子，后天学习没有跟上，十二三岁再作诗已经无甚稀奇，再过七年就完全"泯然众人矣"。实在是有负老天厚爱啊！

并不是说自家孩子是神童，像洋洋那么早就识字的也能找到几个；并不是说自己的孩子一定要成为那出类拔萃者，我知道一个生命的健康快乐是很大的幸福；我担心的是上课不专注的后续影响、长期影响，以后会学习她没接触过的知识，而新知识又关联旧知识，专注于课堂会让基础知识扎实，有助于顺利建立新旧知识的联系。我深知好的学习习惯对于一个学生的重要性，学习的路还长着呢，学会听讲，能跟老师学本领，学习之路会走得更轻松些。

不能专心听讲的孩子很多，这里面有兴趣、习惯、态度、意志多重因素影响，会外化表现出一个是否专心听讲的行为。

我在寻找洋洋不专注于课堂的原因，哪个是最关键的呢？我一时不得要领。

现在，我经常叮嘱她上课专心听讲，会提醒她老师奖励小红花是在培养他们良好的学习习惯，让她珍惜；但我也知道，她和好朋友成为同桌了，她的橡皮又给戳了个洞了。她的专心听讲习惯啥时能养成呢？

2018. 11. 22

香蕉大婶

家庭主妇总少不了去菜市场，与卖瓜果蔬菜的商贩常有买卖，时间久了，就记住了那么一两个人。而我印象最深的，是香蕉大婶。

喊她大婶，是看她年纪大我十多岁，估摸着孩子也就上大学的样子；大婶主要卖香蕉，进口的、国产的，一年四季，主营香蕉。

第一次见到大婶，是在孩子两三岁的时候，那还是在东关菜市场，这个菜市场也就开了半年，是西海子菜市场拆掉后临时迁到东关来的。我常常是中午下班后，赶着末班生意去给娃娃挑选点儿水果，娃娃不爱吃蔬菜，新鲜可口的水果，她爱吃。偶尔也会带娃娃一起去菜市场，多在周末的时候。那天，我带着娃娃去市场买菜，顺带买些水果。大婶那时除了卖香蕉，还卖刚上市的葡萄和香瓜。娃娃看着白白的伊丽莎白大香瓜，很喜欢："妈妈买。"我心里估摸着这刚上市的香瓜价格不会低，关键还有可能有点儿苦，这时候的香瓜和大面积上市时的没法比，那个酥、甜、香，差得远呢！但娃娃的欣喜是我很乐意看到的，这要求我也是很少拒绝的。

"瓜怎么卖啊？"

"十块一斤。"

听听这价！去年夏末可是五块钱三斤！一般不打价牌的都是高价。

我挑了一个胖嘟嘟的、微微泛着黄色光泽的，闻一闻，还有些香。"就这个吧！"

"多来俩呗！"

"太贵！"

"贵啥，刚上市，吃个新鲜。"

"就这一个吧，给娃娃吃着玩儿。"

"怎么就给娃娃吃啊，你不吃?!"

大婶的话让我有亏欠自己的感觉，说实话，我买水果，向来是按照花样多分量少的原则，我拿不准娃娃爱吃什么、能吃多少，有时候因为一点儿苦或者少点儿甜的，娃娃就不吃了，所以我向来都是每样都来点儿，但每样买的都不多。有了孩子后，我几乎没有想过自己想吃啥水果给自己也买点儿，我总是把娃娃放到第一位，照顾好她了，我才赶紧给自己整点儿吃的。这大婶的责问中有劝买的意味，但怎么还有点儿像我妈呢? 我妈就特看不惯我样样事都先紧着孩子来。她让我有些不自在了，我咧嘴笑着："就这个，行了。"付完钱，走开了，我心里还是挺别扭的。

后来，东关菜市场也拆掉了，里面的商贩大多转移到了东里菜市场，恰巧离我上班的地方近，我仍然能够在下班后赶着末班生意挑水果。来到这边后，就只见大婶卖香蕉了，占着主道上中间偏西一点儿的一个拐角，左边是国产香蕉，右边是进口香蕉。已是大雪节气之后了，市场上的水果种类明显减少，苹果、橘子、香蕉，没啥可挑的，还是香蕉吧。大婶的香蕉，远远看着就新鲜，不像有的

125

商贩的，香蕉上有黑色冻伤，大婶看我的眼光停留在她的香蕉上，就招呼："来点儿香蕉吧，五块的卖四块了!"

"有点儿生吧?"我看香蕉头上有些青，拿不准买不买。

"不生，正能吃。"

"称称吧。"

大婶给装进袋子，一过秤："十块三毛。"

我把票夹一翻，没有十元的了，就把一张五元的和几张一元的、一个五角的，都拿出来往摊上一摆，嘿，还差一元!

我就翻出小零钱包，取出一元，就在我递上一元硬币的时候，大婶把五角纸币塞到我手里："行了，不要了。"

这让我挺不好意思，因为有一个长者曾教导我，莫与小商小贩争利，他们起早贪黑，冷天热天都要辛苦，我们这些当老师的，挣钱还是容易一点儿。我握着她塞到我手里的五角钱，又从零钱包里数出三个一角的硬币，笑着递给她："正好有。"

我俩都笑了，连对面摊上卖橘子的小年轻也看着我俩直乐。

我遇到过两毛钱也坚持让我给的商贩，所以，我手头有时，一毛钱也不会少给；没有时，商贩坚持要我就让他找零。像大婶这样，懒得找我两角的商贩，不多。

笑容可以拉近人与人之间的距离，我好奇地问："卖水果每月能挣一万吗?"

"这香蕉，拉回去就变色了，你们吃没问题，可我们卖就不好卖了。"

大婶没有回答我的问题，只是解释为啥着急要把剩下的这点儿水果卖掉。

我想，这虽不是直接回答我，但也告诉了我，做生意的不容易吧。

　　菜市场里买卖的双方常因为一毛两毛、一元两元的事情争吵两句，买的嫌卖的挣得多，一点儿不让利，卖的又想多挣两个。

　　今天这三毛钱的让利，让大婶在我心中的印象又深刻了。她让我，越来越感到温暖。

2018. 12. 10

路上那点儿事儿

天干物燥。入冬以来，京城一直无雨，温度日渐降低，今日最高温度零下一度，在这干冷的冬天，尘嚣泛起，真心渴望来点儿雨水。

那天，在玉带河路与车站路交会的路口，红灯，非机动车道上排了几排骑自行车的。

"看着点儿啊！"一位老奶奶不乐意地嘟囔着。

"脚蹬划了一下。"一位四十来岁的中年妇女说话间已经从老奶奶左侧绕到她前面，要右转弯往车站路走。

"那你也要说句话呀。"老奶奶一副教训晚辈的口气。

"就这点儿事儿，大马路上，这么挤，难免的嘛。"中年妇女给自己辩解。

"知道难免，你说句话不就行了。"老奶奶还是有所坚持。

"至于吗？怎么这么事儿啊！"中年妇女不耐烦了。

"有你这样的吗？"老奶奶更不乐意了。

我还着急上班，实在无暇听二人掰扯。两代人之间，也不知有多大的鸿沟，我也时常在家里与长辈发生类似的争执，一方觉得自己正着急呢，哪管那么多礼数，那么点儿小事儿，忽略不计不就行了；另一方觉得事情是小，礼数是大，礼貌客气那是必须的，一句话就是蜜药，说句好听话那是必须的。我想，那中年妇女如果遇到的是个年轻人，年轻人也许会理解她的着急莽撞，因为自己也常这样嘛，尤其不会摆出一副老年人训导晚辈的架势；而那中年妇女可能在家里也常常面对公婆的训斥，早对这类训斥起了逆反情绪，今儿也是借机发泄一下。还有那老奶奶，平时一定也爱训斥儿孙，训吾幼以及人之幼，邻家的儿孙可能也没少被训斥，所有不懂礼数的儿孙她都想教导一番。这样的老奶奶遇到了这样的中年人，吵架似乎是难免了。本来一句"对不起"就可化解的干戈，却因为种种的潜在理由与情绪，喧腾起这么一件马路边上的闹剧，小事怎么就没能化了，反而闹大了呢？

往前走就到了潞河医院门口，那也是争吵事件高发地区。交警和患者动辄就吵上了。

"我今儿就不干这交警了！"身穿制服的交警一副是可忍孰不可忍的架势，这交警当得窝火，啥人都得和气相待，明明为他好，还不服劝不服管。

每天，潞河医院南大门都排着长长的车队，一直到下一个路口，拐个弯儿到另一条路上还排着呢。这拥挤的交通常常让等候停车场空位的司机急不可耐，发生龃龉常常在所难免。

那女子死命地拉着男子胳膊往医院走，男子反着身子用另一只手指着交警喊："凭啥不让我停这儿啊！你们倒是有地方给人停啊！"

这边两位交警拉着那绷紧脸涨红脖子冲着男子挥胳膊的交警劝说："算算算，别跟他计较。"

唉，这又是啥事儿啊，医院门口这样的场景我已经不知道见过多少次，拉扯硬拽的，挥胳膊吆喝的，有时还有拦在车前我看你敢不敢轧的，怎么都那么大的火气啊！北京这路面开车那绝对是堵，路上开不动，开到地方又找不着停车位，好不容易瞄到一个空地，还不许你停，或者一时没人管事后就发现罚款条的。能不开车千万别开车，开车常常遇到不痛快。心里一堵，脾气就大，国骂就来，吵架跟至。有人说，再脾气温和的人，开了一年的车一上车就嘴里骂骂咧咧的，还真是这样，我身边就有几位儒雅男士因此变成了粗暴大兵。今天这事，肯定是脾气大的司机碰上了脾气大的交警，谁也不让谁，那交警叔叔是工作不干了也要跟司机掰扯清楚呢。

大冬天大脾气的人还真不少，时不时你就能再遇一件。

又是路口，故城东路北口和玉带河交会处，一个白发稀少的老爷子，趿拉着棉鞋，嘴里是经典的国骂，骂谁呢？开车的。人行道上，绿灯已亮，一辆小汽车不顾行人右转弯。不是已经有法律规定汽车不让行人要罚款吗？没有交警这规定也就形同虚设。老爷子被右转的汽车一晃，惊了一下，小汽车扬尘而去，留下老爷子边过马路边骂声不止。那司机想是听不到的，我们这些同行的路人就看到一个老爷子边过马路边高声大骂。老人似乎有理由骂人，可是骂有什么用呢？这不堪入耳的骂声搅得整座城市更加喧扰了。

在这大北京，从男人到女人，从老爷子到小伙子，都显得那么硬气。要说这硬气放到大是大非国难当头的大事上，自然是好品质，可是这日常生活中，那么多人硬气冲天牛气冲冲，真的是好事吗？有助于解决问题吗？太多的时候是借个机会撒撒气，结果越撒气越闹事。闹到最后估计当事人自己都要惊讶"至于嘛！"

冬天，天冷了，让人冷的不只是天气，还有人与人之间那不融洽的关系。国民素质提升一直是个热门话题，真的期待大家都文明点儿、友善点儿、和气点儿。别那么多火，那么多气，别总想着我绝对不能示弱好欺负，都注意点儿，让着点儿，那样的话，北京的路口会是啥样的呢？

2018. 12

广州暖意

2019年2月4日立春，正赶上年三十，这春来得算早了。但北京还是零下七八度，初一前后还有冷空气来袭，预计会刮风降温降雪。虽然很是盼望接上几片雪花，但风雪之间我是不敢出门的。我更愿意在冬天向南走，在夏天向北走。于是决定，就在这个春节，举家南飞，避避北方寒冷，感受南国春意。

飞机落地，经过廊桥时，就有温吞吞的热气包裹住知觉不清醒的我，我还以为是空气不流通导致的闷热。航站楼里等候行李，三条裤子已嫌太多，速去更衣室脱剩一条。走过天桥去停车场，身边竟不乏穿短袖T恤的。人在出租车里，我竟仅穿了衬衫单裤。司机笑着说："一到广州，脱脱脱。刚才接的也是从北京来的，都说太热了，上车就开始脱。"虽然来前查过当地气温，十八到二十六度左右，但估计得还是略有偏差，两件衣服是不需要的，一件足矣。

我们直奔旅店所在的沙面岛，这里因是珠江冲积而成的沙洲，所以叫"沙面"；由洲变岛，与清末时期租界历史有关，英国人强迫清政府在沙面北面挖了一条宽四十米长一千二百多米的小河，使之与陆地分开成为小岛。它原有一个更好听的名字，叫"拾翠洲"，应

132

该与岛上绿化甚好有关，整座岛满是郁郁葱葱的大榕树。就在这里，我第一次见到了大榕树，树干很粗，直径一米是有的，不像北方大树一根直干顶天立地，它的树干是多条拥抱组成，更奇特的是，树枝上会垂下长长的胡须，有的胡须插到土里能长成杯口粗的枝干。岛上多是百年以上的榕树与樟树，静立街道两侧，枝叶交错形成绿色穹顶，树冠宽大舒展，蓬蓬如华盖，人行树下，也能沾染丝丝缕缕的悠闲与静谧。

岛上有大小街巷八条，最宽的沙面大街上，不仅有两三百年的古树，还有许多欧洲风格建筑，是英法等国19世纪末期在此建立的领事馆，最漂亮的当是"东红楼"了。路上常有游人驻足拍摄，或取景各式墙壁，或取景多样院门，也有的选取缤纷花坛。我在街道上漫步，欣赏着各色花草和往来游客，快到路口时，那三层红楼就闯入了眼帘。赭红色的墙砖已然淡去鲜亮的光泽，岁月洗刷下沉淀着历史沧桑，东红楼像是一个从旧时光里走来的温婉女子，平静，安详，静看白驹过隙。楼房两侧门廊各挂两串红灯笼，是年节里特意的装扮，像是时髦女子挂的两串红耳坠，倍添过年的喜庆劲儿。我疾步赶到楼门前，抢占了最佳摄影位置。与我家妮儿或抱膝而坐，或展臂相望，祥云花样的镂空护栏，拱形楼廊上白边镶绕，黑色百叶窗下有红色长椅，在此背景中我俩瞬间就穿越到了20世纪的法国租界，怀古思幽的感觉美美的！这座红楼是沙面的标志性建筑，最初是法国领事馆，后来做过广东海关俱乐部，现在门窗紧闭，不见人踪，引得游客好奇屋内世界，而她这位世纪美女只是静坐那里，淡然地看着人来人往、岁月更迭。

游玩广州，著名景点肯定是要去的。陈家祠堂，各种材质的雕塑特别精彩，其中又以陶塑最是独特，一个世纪过去了，屋脊上的龙凤瑞兽依然保持着鲜亮的颜色，与故宫里的木制雕梁画栋截然不同；再如珠江夜景，两岸迤逦着繁华精美的建筑群，又与通州运河两岸疏疏落落的楼舍有别；再如长隆的国际马戏表演，各国极限杂技配上灯光水幕，堪称视觉盛宴。然而，旅游除了看地方特色，更主要是散心吧，放飞心灵，卸下一年的疲劳，是游人渴望的。这些景点，我到得都早，在游客如织的时候，我也就要离开了，所幸没被拥挤烦扰；但我依然觉得不够舒畅，我喜欢闲庭信步，喜欢静观天地。过强的视觉刺激，引发强烈震撼，但这种感觉来得快，去得快，回味不永。倒是温和地给你静美之感的地方能让身心渐渐放松，性情渐得陶冶，离开之后，心灵也舒畅了，整个人能好久好久地处于一种惬意安宁的状态。

初到沙面大街时，满眼的榕树葱茏，无尽的绿色带来的凉意很是清爽；漫步在越秀公园、文化公园，与孩子一起细赏花草树木，见识自然的奇妙工艺很是舒心。广州属于边缘热带季风气候，年均气温在二十二度，雨水又多，适宜植物生长，所以广州有水果之乡、花卉之乡的美称。刚到此地的晚上，前往"兰桂坊"餐馆的路上，一个小物件"啪嗒"一下落到我的肩上，捡起来一看，是个宛若小船的不明物，绿色的船身上三五根长长的蕊丝，拿给妮儿看看，她也很欢喜，像得了宝贝一般，把玩不已。在越秀公园，主甬道上有许多直径约二十厘米高七八米的高大乔木，绿色枝叶上翘起一朵朵紫色大花，看样子，特别像香港区旗上的紫荆花，靠近垂下的枝条，拿手机一查，识别为羊蹄甲，当时甚是惋惜，怎么叫这么一个不美的名字。路边正好有落花，捡来细看，五片椭圆溜尖的大花瓣，长

134

长的蕊丝，再看花托，宛若小船！这不就是头天晚上落我肩上的不明物吗?！后来我知道这羊蹄甲就是香港的紫荆花，很为自己初见时即识出她独特模样而得意！多年前曾听人说潞园有紫荆，可我走遍校园的边边角角，也不曾找到，心中一直遗憾，不得见到紫荆花的真面容；没想到，竟能在这里意外地得到了，只是见到之时还不知芳名。想来，天下许多事，不见，是时机未到；见而不识，是缘分不够；机缘到了，她就飘落到肩上，她就显出庐山真面目；若机缘不到呢？自当放宽心态，莫去强求。

在广州文化公园，除了能看到紫荆花，还有更意外的收获。广州市区内经常可见正在绽放的各样花卉，天桥上的叶子花一片红艳，吸引我和妮儿各种摆拍；街道边火球般的朱缨惹得我们忍不住摸摸她的茸毛外衣，捡取落花插在胸前增添自己的可爱。所有这些花卉，在文化公园都能见到，而我在珠江边的马路上仰头观望的那树红花，竟然落到面前来。我很是悠闲地在公园里游逛，拍识了悬铃花、龙船花、金凤花、野牡丹，走到一个演出舞台前，我正称叹"他们的室外演出场地真大真好，遮风挡雨的大棚多为观众着想啊"，忽见围栏之内落了几朵手掌大的红色花朵，顺着树身仰头细看，正是珠江边看到的那种一树红花。往前走走，无尽欣喜涌上来，花坛边落有两朵，围栏边还有两朵！抱着这四朵花，我和妮儿美滋滋地坐在长椅上细细端详，橙红色的大花瓣，质感肉肉的，手机一查，竟是木棉！上学时就读舒婷的《致橡树》："我有我红硕的花朵，像沉重的叹息，又像英勇的火炬。我们分担寒潮、风雷、霹雳；我们共享雾霭、流岚、虹霓。仿佛永远分离，却又终身相依。这才是伟大的爱情！"木棉作为一代女性的象征，代表着新时代女子独立自尊的爱情

135

观，这种观念影响了我们那代人，而我也在好奇了很多年后，终于见到了她。

广州一行是暖心的、惬意的，温度有暖意，草木有暖意。我漫游在绿色葱茏中，我徜徉在花团锦簇中，有幸结识榕树、紫荆与木棉，真是我此行最大的收获！榕树高大宁静，紫荆明艳舒展，木棉热情大气，我爱她们，爱她们自在的生命姿态，爱她们隽永的文化意蕴。春日暖意中的花卉草木，给我生命滋养，让我乐于对新的一年多一些美好愿想，新的一年，继续努力吧！穆旦说："我的全部努力，不过完成了普通的生活。"著名如穆旦这样的学者诗人，全部努力也不过完成了普通的生活，平凡如草芥的我，又怎能不努力呢？在努力中追求美好，舒展生命，做美美的无名草芥。

2019. 2. 8

扎下根来

2019 年 8 月上旬，台风入境，由南至北。浙江沿海一片狼藉，内陆地区却收获酷暑中难得的凉爽。五个小时的高铁行程，对七岁女孩儿来说，像一次漫长的笼中囚禁。走出站台，小洋洋一下子就舒畅啦！

虽然只是分别了二十五天，但是一见面，爷爷就伸长胳膊拉过洋洋："巢湖凉快不？赞（zǎn）不赞（zǎn）？"指着连绵的远山说，"看那旗山、鼓山，赞（zǎn）不赞（zǎn）？"还没走两步又问，"坐这么长时间车子，累不累？爷爷抱吧。"不由分说就抱起一米二八的大孙女。

这里是洋洋的老家，两年前她来过，小住月把，游玩卧牛山、姥山岛。随着她一天天长大，我们总觉得应该让这个孩子留下更多的关于血脉之源的记忆，于是，早早地定下了今年的归乡日期。

在爷爷家休息一天，我们就下乡了，去爸爸的出生地，距离爷爷现在居住的巢湖市区一小时车程。一大早，爷爷的老战友开车来到楼下等候，说要去盛桥镇上吃早点——米面大饺、送灶粑粑。都是多年不曾回乡的人，乡间特有的饮食牵动着味蕾的记忆。爷爷有年头不曾回乡，车行国道上，竟不知从哪个岔口转入村庄。多亏高德地图，从当前位置到东孙村，导引得清清楚楚。村口有两位上了年纪的老人，爷爷一眼就认出来了，高兴地说："对了对了，就是这个路。"汽车在窄窄的村路上缓慢行进，没多会儿就到了大爷爷家。

两扇红色的大铁门敞开着，坐北朝南的红砖房，一客厅两厢房，厢房连着厨房，堂屋山墙留门，连着开阔的后院。爷爷牵着洋洋的手给大爷爷说："这是我孙女，放暑假了，来看看大爷爷。""好嘛，多回家来好嘛。"大爷爷已经七十二了，乡间劳作让他的脸又红又黑，身子骨很是硬朗，他牵着洋洋往屋里走，拿起桌上的五香蛋让洋洋吃。吃香蛋，喝绿茶，这是当地的待客习俗。

大人们在堂屋聊天，小孩子可坐不住。越过堂屋小门，就到达一片辽阔天地。自家菜地里，搭着豆角架，拢着红薯秧，种种家常菜长势喜人。菜地边缘就是自家水田，与整个村庄的水田延展在一起，绿色海洋随着风儿起伏，交映着湛蓝湛蓝的天空，陪伴着疏疏落落的闲云，乡间的清新与静谧亘古长存。洋洋顺墙根拎起一根一米多长的竹竿，孙猴子一般地舞动起来，这里"啪啪"，那里"噗噗"，挑藤拨蔓，不亦乐乎。大奶奶怕刺刺子刮挠着她，怕小虫子叮咬着她，招手让她回屋里去玩儿。屋里哪能待得住呢？这农家小院太有吸引力了！洋洋又溜到前院去了。南院墙边有鸡舍，这会儿公鸡母鸡早已不在舍里，它们伸直了脖子四处张望。很少遇到活鸡的洋洋捡起小碎石子砸向鸡群，惊得鸡们扑扇着翅膀咯咯乱跑。她发现了一只通身雪白的乌脚鸡，欢喜地跟在后面喊："鸡！鸡！鸡！"乌脚鸡被她吓得满院跑，最后钻进厨房案板桌下不肯出来了。她又跟着大奶奶从厨房去水塘洗菜，院中有条小路通往水塘，小路为绿树掩映，不大惹人注意。小路边的橘树上青橘有鸡蛋那么大，石榴树上也结满了红石榴。弯腰走过枝叶交错的小路，竟是水光潋滟无限好。大奶奶提着菜篮，踏上青石板台阶，蹲在水边洗涮虾米和蔬菜。这穿越千年的景象真让我恍惚，书上常读到的似乎只留在了过去的水乡生活，今儿我竟能身临其境。大奶奶洗涮好就回去了，洋洋学样地踏上青石板，一会儿拿起洗衣棒槌拍打水面，一会儿把水枪灌满发射。"妈妈，鸭子!"一群鸭子从河塘南岸下来了，洋洋又发现了新目标，她走到岸边，捡起石子朝鸭子砸去。她的臂力太小，远砸不到，但她还是边砸边叫，兴奋异常。鸭群上了岸，她就跟着回到院子里，看鸭子吃饭，给鸭子拍照，午间的太阳直射丝毫没有消减她的兴奋劲儿。

住在村庄东侧的小奶奶来了，抱着两岁的孙子来看洋洋。两个小孩儿虽不曾谋面，虽间隔五岁，但也能玩儿得很开心，姐姐弟弟喊得好亲热，姐姐射水枪，弟弟接水乐。洋洋还真像个姐姐的样子，教弟弟玩儿水枪，领弟弟踢石子，俩人很快就玩儿到了一起。小奶奶要带弟弟回去了，弟弟非拉着姐姐的手一起。爷爷说，正要过那边去看看，那边是老宅子，就一起过去吧。小爷爷和爷爷哥俩走前面，我们跟随其后。出院门，沿水泥大路走个两三百米，左拐进入小路，穿过两三个院子，就看到了一座漂亮的两层小楼。楼房坐北朝南，对面是三间红色砖房，只在楼门设锁。爷爷让我赶紧把小楼拍下来，说洋洋爸爸就是在这儿出生的，虽然老房子换成了新楼房，但就是这片土地。世事变迁，人事更迭，唯一不变的，就是这片土地。在这片土地上，爷爷出生，新婚，生子，后来爷爷退伍留在城里，小爷爷一家就在这里盖楼房，娶儿媳妇，养育小孙子，这片土地，是孙家的老宅基地。爷爷对这片土地的情感让我不敢怠慢，我将这崭新的楼房和院中的人们一起摄入镜头，留下他们关于故乡的珍贵记忆。故土难离，即使离开，心中总有一席位置为其留存。

欣赏完小爷爷家的新楼房，我们又回到大爷爷家吃午饭。大奶奶真能干，六十七岁了，却撑得了一上午忙碌，张罗出满满一桌饭菜，一家人围着八仙大桌热闹开吃。我总觉得，家里做的饭菜有饭店里没有的独特香味，大奶奶做的每道菜都泛着诱人的光泽。洋洋最爱吃"豆瓣酱炒湖虾"，这软壳小虾洋洋是从小吃到大的，从能吃饭食开始，奶奶就给洋洋吃巢湖的水产，这家乡独有的食材早就把家乡印记烙在洋洋的生命上了吧？奶奶说，洋洋一出生，就打电话告诉了老家人，老家的族谱上就记录了洋洋的大名。名入族谱，人归故里，在洋洋七岁这年，她终于回到家乡，见到家乡人，吃上家乡饭。爷爷、奶奶和大爷爷、大奶奶、大姑奶、小爷爷、小奶奶，这是故乡的亲人；炒湖虾、炖银鱼、红烧刀鱼、煲老鸭汤，这是故乡的饭菜。咀嚼着家乡的饭菜，诉说着多年的旧事，氤氲在饭菜间的是亲人间深切的情谊……

这个八月，洋洋回到家乡，没有丝毫的陌生感，那么温暖，那么亲切，真是同族同脉，血浓于水。家乡，以她宽大的臂膀拥抱每一个流落在外的儿女。家乡，血脉之源，久居北京的洋洋将生命之根扎在巢湖孙氏的繁茂大树上，愿得家族血脉给养，愿得家族温情庇护，愿她身处异地却一样根脉深深，健康快乐。

此行温暖，愿我们都能常回家看看。

2019. 8

永远在一起

今天，2020年2月4日，通州，没有新增感染新型冠状病毒的病例。心头略感轻松。看看北京，确诊病例228人；全国，确诊病例20522人。真希望数字不要再增加！愿立春的阳光驱散阴霾，还百姓自由的户外生活，赐国民健康的精神体魄。

1月20日早上十点钟，哥哥发来一条浙江卫健委发布的消息，说是有五例武汉来浙并出现发热等呼吸道症状患者；我回了一条《北京、广东出现新型冠状病毒肺炎病例》的报道，表示自己知道有这一回事。22日早上，哥哥又发来一条短信："现在疫情扩散比较快，妈说让你们慎重考虑，还是就待在北京过年吧。"老公开始犹豫，说有同事开始退机票了。中午，一家人开始合计这件事情：行程取消，要损失一大笔退票费；不取消，出去似乎很危险，感染形势很不明朗，看不清楚到底是个什么情况。纠结了很久，最后决定：还是安全为上。于是开始退机票、船票、酒店。伴着不能出行的淡淡失落和疫情形势不明确的微微害怕，我们决定速去超市采购，因为原先没打算在家过年，根本没存什么年货。出门的时候，全家已经是口罩武装了。

从 1 月 22 日到 2 月 4 日，快两个星期了。这两个星期并不好过，相关报道越来越多，大道消息，小道消息，手机、电脑、电视，一打开屏幕都是，看着确诊病例从百到千到万地递增，真是人心惶惶。就在 23 日下午，我收到了学校要求统计学生情况的通知。记起 22 日上午看到过一个从武汉飞往全国各地的统计数据——到北京的是 4.9 万人，这些人中可能有病毒携带者，可他们真的离我们有那么近？ 24 日，大年三十，学校的通知还在发，要求明天一早上报学生情况，电视里《春节联欢晚会》在播放，我也在看，尤其是特别增加的央视主持人朗诵的《爱的桥梁》，让我听来恍惚，这么快排练出这么一个节目，武汉，全国，真实的情况是什么样？一晚上，我竟然没离开沙发，似乎在专注地看节目，又似乎一心在留意班里的情况统计。2020 年的春节，就在疫情与年味的交叠中开始了。这个春节，因为疫情变得大不一样。一家人都待在家里，我每天都要统计汇报学生情况，然后就看到各种关于疫情的报道，看到停课不停学的通知，明明在春节假期中啊，怎么这么纷纷扰扰呢？难道要以有序的学习生活填补疫情引发的恐慌心理？

1 月 29 日，大年初五，桌台上的水果篮空了，家里的蔬菜也不多了，我突然感受到了缺少生活物资的紧张，整个人仿佛陷入了一个空落落的大洞里。老公许是在家待久了，戴上了口罩、帽子、手套，毅然决然地去家门口的超市采购去了。一回家门，他就嚷道："超市的菜架都空了，就抢回了一棵大白菜，还是员工刚从仓库里搬来的。"有大白菜也是好的啊，记得前两天看到武汉超市里四十五元一棵的大白菜，这才十五元，已经算好的了。突然想到，老家是什么情况？26 日时家乡已经有确诊病例，妈妈爸爸一个高血压一个糖尿病，哥哥管着他俩不许出门，可这吃的成问题不？电话一问，说是豆芽、萝卜都没了，鱼肉还有，青菜还有些。我有些心酸，因为爸爸糖尿病，常有饥饿感，要多吃还不增糖，只能靠蔬菜带来饱腹感，这蔬菜不够吃，对爸爸的影响挺大的。哥哥说网上的菜一上来就给抢空了，他再盯紧点儿。而我这边，老公被通知初七上班，口罩、酒精这些重要物资，根本就买不到。看到舅舅发的朋友圈：昏暗的夜色中，第一大药房的电子字幕泛着蓝莹莹的光，上面写着"口罩、酒精，缺货"。不仅北京缺货，老家也缺货，全国的医疗物资都紧张。晚上，我躺在被窝里，怎么也睡不着，焦虑。我清楚地看到了自己的焦虑，我担心我的父母，爸爸妈妈，相隔这么远，我什么也不能帮你们，口罩、酒精、蔬菜，我都不能给你们送去。

我想，在这次疫情中，很多人都会和我有同样的心理变化，会紧张，会恐慌，会焦虑，但这都是人的正常心理反应。面对铺天盖地的各种报道，真假新闻难辨。都说"谣言止于智者"，这智者毕竟是少数，老百姓在医疗知识、批判思维都存在问题的时候，想做个智者太难。所以会杞人忧天，会忧心忡忡。但我个人的心理转机，又来得很突然。

就是在第二天早晨，我像往常一样刷"学习强国"，我看到《保供稳价——北京市场蔬菜瓜果足量供应　市民无须抢购囤货》，这报道来得太及时了，政府太了解百姓了，"家里有粮，心里不慌"。老百姓生活物资有了保障，这恐慌心理就消了大半。过两天，又看到《保供稳价——北京地区网上买菜订单量大增　电商平台积极扩大供应》。确实，家门口的超市、电商，都能妥妥地买到瓜果蔬菜了。打电话回老家，哥哥说，他刚网购了蔬菜，家里有菜啦！我们还有二十个口罩，还有些 84 消毒液，我们省着用，等着企业开工，供销通畅，这些天，我们就乖乖地宅在家里，哪里也不去。每天，我会给爸爸妈妈哥哥打电话，告诉他们这边的情况，听听家里的种种事情。从来没有像这个春节这样，我们如此频繁地视频聊天。北京的疫情、家乡的疫情，北京的生活、家乡的生活，还有武汉、中国，我们把自己看到的消息告诉彼此，帮助对方认识疫情、做好防护，这些天，我们紧紧地联系在一起，担心着彼此，也温暖着彼此。

实际上，我们已经算是很幸福的了。没有岁月静好，是有人在负重前行。第一个发现疫情问题的湖北医生张继先说，她这次把一生的眼泪都流光了，病人太多，医护人员太苦，一个月来，睡眠严重不足，体力严重透支，她竭尽了全力。五十四岁的她，有过抗击"非典"的经历，而这次，她难以控制情绪地在病房大哭，病人病情发展太快，手段用尽，还是走了；防护服快用完了，口罩快用完了，病人还在拥向医院，医护人员太疲惫。痛哭一场后，她又一头扎进病房，她是这场没有硝烟的战场中勇敢的战将！还有华山医院的张文宏医生，他说其实许多医生在默默地做着救护病人的事情，他如果不做这样的事，他晚上就睡不着，他就是这样一个焦虑的人，他要和所有的医生一起来保护"岁月静好"，并让我们相信中国的医疗防治体系从 2003 年的"非典"之后已经日益强大了。

在这次疫情中，出现了许多负重前行者，他们是最美的逆行者，是他们，让我们这个中国大家庭变得充满了感动和希望。

就在大年初一，当我们看到疫情越来越严重，武汉医疗人员不足的时候，全国各地的医生已经组成援助大军奔赴抗疫形势最严重的武汉。那个六岁的小男孩儿用尽平生力气哭喊："我不管生病，我要妈妈！"他的妈妈忍不住也哭起来，可她还是担负起了医生救死扶伤的责任。那个丈夫在送行前大喊："王月华，我爱你，我爱你啊！"也让人泪奔，同为医生的他更知道出征一线的危险，他忍了一天，在送别现场实在没忍住，而妻子一边擦着眼泪，一边登上了汽车。就在我们通州区，东直门医院的医护人员出发了，潞河医院支援武汉的支援队组成了。那个潞河女生拽着妈妈的衣袖说："妈，咱好不容易回来几天，别走，好不好？"可妈妈还是在凌晨轻轻地关上家门，奔赴了抗疫一线。"国有召，召必回，虽千万人，吾往矣。"他们高大的身影留给我们无尽的感动，让我们看到，在疫情面前，有许多堪当大任的英勇国士！

还有湖南抗疫一线的那对医生父子，隔着厚厚的防护玻璃，父亲在处方笺上给儿子写下"秋笔，加油！"在发热隔离区值班的儿子会心地点点头。一门之隔，那么近，因为病毒，连句话都不能说，然而，病毒可以隔开空间的距离，却让亲情的距离缩到了零。在这样一个因为疫情而特殊的时期，在这样一个最在意亲情年味的春节，我们，普天之下的中华儿女成为相亲相爱的一家人。四面八方的中国人，出力，出钱，出物，尽己所能地为抗击疫情做出贡献。

从国家政府，到社会各界，到各地百姓，中国人，都在积极地应对新型冠状病毒引发的公共卫生事件，小病毒，大事件，它引发种种问题，让国人凝聚起来。温家宝总理曾经说过"多难兴邦"，在这个不太平的世界上，困难从来没有减少过，而中国人，以越来越成熟的姿态面对种种困难，我们有必胜的信心和勇气。

就在今天晚上，李兰娟院士称：阿比朵尔、达芦那韦能有效抑制新型冠状病毒。疫情实时播报显示，治愈的病人达到了 623 例。

阴霾之下，可见亮光。

　　加油！中国！

2020. 2. 4

调弦之思

　　六弦已妥，唯剩七弦。洋洋说："调松，松……再松……"我旋松。不对，声音不对，调音器上也没出现"D"。已经旋松很多了，那就旋紧吧。洋洋说："调紧……再紧……紧……"击弦，节拍器显示"E"。再紧，击弦，还是"E"。这"E"到"D"是旋松还是旋紧呢？刚才旋松很多一直不对，那现在只能旋紧啊。可是已经很紧了，之前没反方向松很多啊，松紧之间，如何是对？见我拧得吃力，洋洋说："别紧了……别紧了。"我却执念：松不对，那只能是紧。明明拧得吃力，我却认为和琴轸不灵活有关。我使了很大的劲儿去拧，"嗞——嗞——砰"，七弦突然挣脱琴头往上一抛，断了。这是我虽然听说过但从没亲眼见过的事情——弦断了。多么让人懊恼！为求七弦音律准确，无知无畏的我，执于一念——想着只有紧下去才能找到准确的音律，结果，弦断音无。

　　我是一个脾气有些倔的人，如果认准的事情，我肯定要做下去，有不达目的不罢休的劲儿。哪怕我做到最后的关头很是吃力，我也会咬咬牙，坚持下去。好像心底有个声音："再坚持会儿，再坚持会儿，就要成功了。"哪怕那会儿我极其茫然不确定"这个方向对不

147

对",我也会硬着头皮坚持下去。是因为人们经常赞美"坚持不懈",所以我更坚持吗?是因为对成功的渴望让我更坚持吗?这份坚执让我成功过一些事情,比如考上大学,考上研究生,成功坚定了我对坚执的信念,让我在许多事上明明很吃力却还奋力拼搏。但今天我不得不去反思"坚执之过"。

2012年宝贝出生,当时有一个很纠结的时刻,我已经进产房两个小时了,耗尽了精力,但是产道还是没有全开,这样耗下去对孩子不利,于是开始联系手术室准备移动床。助产士还在鼓劲儿,说快出来了。我拼尽所有的力气一搏,孩子生出来了。但是孩子明显挤压过度,先锋头,眼膜因挤压而出血,七斤四两的孩子,一米六又盆骨偏窄的我,似乎不应该用顺产这种方式让她来到这个世界。关于生孩子有种种报道,很多时候我们看到的是新生儿带来的喜悦,但是生命的到来真的伴着种种危险,母子平安就是万幸。这件事情,我一直放不下,我觉得也是我的一次"执念之过"。

今日读"竹林七贤"的故事,看到嵇康离开时,孙登说道:"君性烈而才俊,其能免乎?"我就想,性情刚烈之人于世难容,难免祸患。俊逸嵇康丧命于司马政权,内外兼修、内外兼治的屈原被挤出朝政殒命江水,这都是因为刚烈啊。这刚烈就是坚执,是刚硬地坚持自己的想法。刚烈坚执会酿错,会夺命,岂敢再如此?至刚易折。刚柔共济,方为存世之道。

再看《红楼梦》中黛玉抚琴一节,黛玉把弦已经调得很高,于无射律不配,她又忽作变徵之声,音韵可裂金石,太过了,太过便不能持久,就会绷断琴弦。想黛玉如此高洁一女子,心性高傲,难为世容,不得佳婿,不得良姻,咳血泪尽,怎一个悲戚结局?如果刚硬之性中还有柔和一面呢？高洁之外再染些尘埃呢？也许生命、生活还有一丝回旋之机。"水至清则无鱼""难得糊涂"，中国的许多老理儿还是很有道理的，讲的就是一个生存之道。

年届四十，我可能越来越弱了，也会越来越柔和了吧？如果"柔能克刚"，我是不是将从另一个角度开启生活的模式？有一点可以肯定，没那么刚强、刚烈、坚执了，已经怀疑，已经动摇，坚执之力已懈，如此生命又将走向何方呢？

细究起来，又不能都归咎到坚执之上，这里面有方向性的问题，到底是松是紧，是坚持是放弃，一直这样做下去是对还是不对？首先要判断这个方向对不对，如果是错误的方向当然没必要坚持。但是如何判断这个方向是否正确呢？这和一个人的知识水平有很大关系。如果我了解调弦判音的知识，掌握了这个技能，就不会蛮干了吧？如果一个人知道这样做是对的，坚持下去必成正果，这份坚执也就是对的了吧？但人生有很多时候是不具备这个知识的啊，生活中的很多事情在开始的时候都是茫然无知的，甚至要等到结果出来的那一刻，才能说明方向方法是否正确，才能在实践中总结出知识。面对这样的事情，只能走走看看，只能坦然接受结局，这是成长成熟的代价。我想，调弦而断之事就属于这一类的事情吧，深刻的经历让我对调弦有了更多经验，对学会调弦有了更迫切的知识渴求。如此，此时我最应该拥有的是一份坦然心态，四十岁的我为什么还要那么纠结和那么自责呢？唯一正确的就是"放下，释然"，不多虑了。

2020. 3. 1

悼 友 人

4月4日，全国哀悼日，警报声长长地哀鸣，有多少人深深的哀痛之情随之而起，又有多少人悲情难抑地号啕大哭？

这些天来，心底总有一份情感不能放下，在今天这样一个全民哀悼的时刻，它从心底隐隐泛起，引发我悠长的思绪与怀念。

3月24日上午，刘祥老师去世了。我站在窗前，看向邻近几楼相隔的灰色楼房，就在那栋楼下，刘祥老师曾把文学社社员的稿费交给我。而在疫情笼罩的特殊时期，我没能再至楼下，没能和他做最后的告别。我想象着那里，黑色的讣告、白色的小花、花圈和挽联有没有出现在楼栋门前？家人们在悲戚之中各种事情能否照应过来？老太太还好吗？作为朋友，作为邻居，我没能尽上微薄之力，心头总有一些愧歉。

与刘祥老师略有接触是因为稿件往来，作为《运河》杂志的执行主编，他提携后辈，给潞园的孩子们提供了崭露头角的机会。最初，我是到他家楼下送稿，后来他说，你别绕那么远了，从院墙中间那铁栅栏缝递给我就行。于是，我常在下班的暮色苍苍中或晚间的昏暗不明中看到刘老师，他或是已经站在那里等我，或是微驼着背向我走来。那么一个替人着想的和善老人，怎么就突然走了呢？张老师说，他是肝癌术后恢复期。这是我不知道的。想来疫情期间，看病调养多有不便，他的恢复定是受到了影响，若没有这次疫情，他不会这么匆匆就走了，这次疫情，留下了太多伤痛。

印象最深的，是刘祥老师的笑容，人呵呵笑着弯起嘴角，眯缝的眼睛带着温暖。每次见面，他话都不多，交递稿件时，做完必要的交代，他就说着老北京人经典的"得嘞，回见"作别。在文学社小聚时，侃侃而谈的多是梓夫老师，他就是静静地坐在那里听大家说话，偶尔应上一两句，说他深藏不露那是很妥当的。我是后来从一些怀念他的文章里才知道他曾是通州博物馆馆长、区作家协会主席，他是北京大学80年代的毕业生，他书写了很多很多的作品，提携了很多很多年轻人，他一生致力于大运河文化的弘扬……这样一位很有成就却毫不张扬、特别亲和的老人家，就这样走了。

警报声响起时，我们一家三口临窗而立，楼下一位妈妈拉着孩子也站立低头，这统一的动作共同传达着我们对烈士和同胞的哀悼之情。而在这个时刻，我特别特别怀念刘祥老师，虽只有为数不多的几次简单的交往，但他给我留下了深刻的印象，他给文学社的学子搭建了开阔的发展平台，我感念他，怀念他。

逝者已逝，生者悲戚，太多的情感无处安放，太多的话语无从诉说。今天，在清明时节，我终于明白，清明节不仅仅是致向逝者的，它还是为生者而设，在这天，我们可以悲伤，可以追远，可以在怀念中找到牢牢的维系，可以聊以慰藉。

2020. 4. 4

上学的路

　　我的老家是在一个城边的小庄子里。我上学时，十分钟走完一条土路，五分钟走过一段菜市场，再走十分钟经过爸妈上班的工厂，就到了学校。这条路真是充满了城乡结合的色彩，有麦地，有小河，有喧闹的买卖声，有匆忙的上班族，还有扬尘而去的小汽车。

　　我是在五岁半踏上这条路的，刚开始还有爸妈送，再后来有哥哥陪着，再再后来就变成了我一个人，因为哥哥要和男孩子们一起。好在我走过土路，就会遇到住在工厂家属院的同学，独行的路就那么十分钟。最快乐的是放学时候，我们一大群人结伴回家，一路上叫嚷打闹，或者是三三两两地挎着胳膊，说着电视唱着歌。走到最后，只剩我和一个姓潘的男同学，他家比我家还远，在一个十字路口，我向南，他向东，俩人经常是隔空喊话，一直喊到听不到对方的声音。

　　我走上土路后的经历其实是很丰富的，这主要是由路边的田地决定。我们那儿是刚过了长江的北部地区，或者叫江淮地区，与江南鱼米之乡最大的区别是栽种麦子和大豆。春天看麦苗噌噌地拔节，夏天看麦穗金灿灿一片，秋天看豆秧挂满鼓鼓的豆荚。麦苗拔节长穗时，秸秆脆甜，我就拔来嚼着玩儿；麦穗饱满未熟时，我就揉搓麦仁吃；

152

大豆田里最吓人，常有肥硕的大豆虫，那时我是要尽最快的速度走完这条道的。我喜欢春夏时节的麦地，一是因为没有大豆虫；二是麦田里可吃可玩儿的东西很多。春天，伴着麦苗疯长的，还有各种野花，黄的，紫的，贴地长的，缠秸秆上的，当然它们只是麦田的配角，有着被农人除掉的必然命运。但对我来说，那是成就我花仙子梦想的花精灵，我经常深入麦地，不顾踩倒麦苗被人呵斥的风险去寻找美丽的野花，满满攥了一大捧乐颠颠地回家。有一种紫色的藤蔓上的花朵只在麦田里见过，花无香却美丽迷人，我特别喜欢。

土路边有一条小河，那条河把村庄切分成了东西两半，西庄是最早的村子，人多了就迁到东庄来。西庄人多，是个比较成熟的社区一样的地方，买东西，看病，都要去西庄。我是经常要到西庄去的，爷爷、叔叔、姑姑都还住在西庄，只有父亲迁到了东庄。这条小河里有泥鳅、青蛙、蛤蟆、水蛇，下雨时水势上涨，过河就要踩着石头，但水里丰富的水生物让人害怕，我很多年做梦都要梦到河里岸上种种东西，实在是打心底害怕。最喜欢枯水期，这样水生物都没了，堤岸上长满了花花草草，有薄荷，比别的地方长得都茂盛，妈妈常让我摘了做汤用；还有一种我们土话叫作"毛萋"的植物，软软的、嫩嫩的、甜甜的，小孩儿都爱吃，可以拔到很多。这条小河因为较浓的湿度吸引了许多别地没有的植物，我在上学放学时是很喜欢沿着河边走的，可以采摘黄色、蓝色的小花，我特地折好一个纸花篮，上学时摘了满满一花篮到教室和同学分享，很多人抢着要；放学时摘了回家，够我自己打发很长时间。

那条不算长的菜市场，我一般是要匆匆走过的，吵吵嚷嚷，人来人往。好处是买吃的方便，早晨或晚上，买个甜烧饼或咸烧饼。

后来还有了酥脆的黄桥烧饼，有了淌油的蒸饺、香飘飘的鸡汤、物美价廉的豆腐脑，现在想起还是口内生津。不过妈妈是很少让我在外面吃饭的，听说那个卖烧饼的手脏兮兮的就去和面贴烧饼。还能看到新鲜的瓜果蔬菜，初夏鲜红的西红柿、鲜嫩的黄瓜，我不爱吃，可是爸爸很爱吃的豆角、蒜薹，整车的西瓜、香瓜，我到现在都喜欢逛菜市场，许是和这时养就的浓厚的生活气息有关。柴米油盐酱醋茶，最是人间烟火气，最抚浮躁不宁心。这段菜市场最初也是土路，一下雨就变得泥泞，后来变成了水泥路，和工厂前的水泥路连成了一体。这条路一直是我心中的一个小别扭。我多么希望这条水泥路能铺到家门口啊，那样在下雨天我就也可以穿着球鞋而不是雨鞋上学了，雨鞋闷脚，一鞋的泥和干净的教室太不般配。但是在我上学的那几年这个小要求并没有成为现实，路路到家是我上大学以后的事情了。

走完菜市场，就是一个截然干净的地方了，每天都有清洁工早早地把大马路扫得很干净，马路两侧是傲然而立的厂房、家属院，我去过同学家，住在楼上，进门就换鞋，屋里纤尘不染的；我去过妈妈的办公室，化学器皿、检验仪器，还有洁净卫生的消毒水味儿，这都是和我的家，家边的小河、田地不一样的另一种天地。但在上下学的时候，只能看到高高的院墙和穿着制服的门卫，一副森严模样，就连院墙上面都围着铁丝网，嵌着碎玻璃碴儿。这是一个我不能随便出入的地方，妈妈有时会带我进去吃食堂，带我去单位浴室洗澡，没有妈妈带着，我是进不去的，进去了就是一个秩序井然、卫生文明的所在，这就是现代工业、现代文明的样子，和乡间田野大不一样。也许是这份未知、好奇，加深了我对城市的向往，让我特别向往洁净的工作、生活环境。

工厂的院墙走到头，就接上了另一个单位的院墙，好像是玻璃厂吧。这个单位坐落在马路南侧，马路的北侧就是我的学校了。我在那儿上到了五年级，后来因为班主任工作调动，竟一起转学到了新学校，这之后，我就开始了骑着自行车上学的日子。上学的路更远了，但是马路更宽敞、更干净，两边还有绿化带，春天能看到月季花、美人蕉，新的乐趣也就开始了。

现在依稀还记得雨天走的那宽宽的自行车道，这是分成机动车道、自行车道、人行道的市区街道。下雨天，爸爸送我上学，放学时要自己回家，坐公交或者走路都可以，公交又挤又有难闻的汽油味儿，我喜欢和同学一起走，但是前半段路有人一起，后半段路就是一个人走了，我就边走路边摘花儿玩儿。一朵花儿，能拽下许多花瓣，回家后能用钢笔帽压出很多小圆片，可以贴在眉间像朱砂点一样打扮自己；美人蕉经过雨水的清洗特别干净，摘下花来正可以吮吸花蜜。想想自己那些年真是摧花大盗，损折花儿不少。至今依然魂牵梦绕的倒不是那绿化带的花儿，因为这些花儿在北京也常见，但我已经不会去摘下来摆弄了。最念念不忘的是一种白色的木檐花，我随同学从小巷里走过，经常在五六月份看到一些人家院墙门廊上攀爬着这种花儿，花形不大，如碧桃、榆叶梅大小，乳白色，很香，远远就能闻到，但不是丁香那种令人生腻添烦的香，是淡而远的清香。小学毕业后，很少从那巷子走过，偶尔能在菜市场见老婆婆挎着花篮将夜来香和它一起售卖，再后来离家到外地上大学，到外地工作，就再也未睹芳容近二十年。故乡的花花草草，近些年是越发地想念了。

上学的路，连着许多童年的记忆，在我四十岁的一个午后，犹如深巷酒香，幽幽飘至。我匆匆写下，留着给以后的自己一份慰藉，让漂泊无依的我知道，我还是有根的，不必那么飘然空落。

2020. 5. 5

十年心路一晃间

十月一，校园值班，适逢园中有拍电影儿的，热闹非常，文彬路上，各种社团从红楼一直延展到叔和楼，高音喇叭起起伏伏，人声喧嚣不绝于耳；绍棠路上，又是另一幅景象，内高生排着队列迤逦走向仁之楼，他们静静走着，将校园切分出静噪两重天。在绍棠路以南的小半个校园里，协和湖晨光潋滟，荷塘绿叶擎天，竹林随风微摇，枫林漫洒日光。这才是我熟悉的潞园——静谧安宁，钟灵毓秀。回到人民楼，放眼满园绿色，天地之间满是清新，满是明媚，浮杂似已滤去，这是那包容万象、静自坚守的潞园。

回想我这两个月，从焦虑茫然、惶然无措，走到今天，也渐能安静了。而这十年于我的意义，也渐清晰。

常说校园里的老师与学生是"铁打的营盘，流水的兵"，学生来了又去，而我们这些老师一直都在。一直驻守在潞园的老师，看着一拨又一拨学生来来去去，在日常交往中虽可用心用情，但总要随去而释，分别时的伤感总是难免，但转过身来，又要迎接下一拨学生，最好还能"任你虐我千万遍，我却爱你如初恋"。学生似流水而逝，多年流水冲刷，怎能不在营盘上留下痕迹？有时是利刃，有时

157

是轻风，轻轻重重，终会给营盘留下生命印记。

我在 2010 年送走了我的第一届毕业班，那一年我二十九岁。假期里，头疼许久，慢慢地，睡足了觉，许多记忆淡了，头就不疼了，但心底总有一抹忧伤：我真的尽力了，但学生考得不算好。我总在反思自己哪些地方做得不足，如果怎么怎么做，结果会怎么样，可思来虑去，最后总觉得有许多事情都与自己个性有关，而这又是难以改变的。

就这样一晃九年过去，我才再次接手班主任工作。

这个 3 班我原是语文老师，一年来师生感情也还好，知道他们是一群小皮孩儿，我就耐心地引着他们养点儿学习习惯，慢慢地也上些路子。他们说我是最最温柔的老师，不骂他们，也不生气。其实看着较差的成绩，我在心里也着急。只是年龄增长，心态已变：若想解决问题，只能静应其变，努力化解学生问题和各种变数，将着人事往想要的方向发展。我的耐心、细心、认真、负责，得到了这拨学生的认可，一年过去，这个班从常规纪律到学习成绩都渐上轨道。

然我不承想，身体状态一直不算皮实的我，竟然有了生命中的意外之喜，我要迎接这个生命，但我又实在割舍不下这个班级。两天，我茶饭不思，躺在床上似睡非睡，我想不明白，我也不知道该怎么办。终在家人坚持、亲朋宽解之下，我选择退出，退出火热战斗的高三。

那是我陪伴他们的最后一天，陪着他们搬换教学楼，参加开学典礼。我以为他们什么都不知道，我装作一切照常。但我真的时不时会从心底涌上泪水，浸湿眼眶，又努力憋回去。一直到最后，我打开投影，播放幻灯片，向他们介绍新班主任。4 班的孩子已经围在了教室门口，我心底的伤感抑制不住冲上眼眶，我又叮嘱了 3 班孩子几句便出门看我那亦是不舍的 4 班学生。然而，我不想让他们看到自己失控的情绪，我催他们快回教室，我强忍泪水，疾步走下楼梯，逃离高三楼。

走在绍棠路上，树荫下斑驳的日光晃得我更是泪眼汪汪。那天早晨，走进教学楼第一眼看到的第一位 3 班学生是小戚，她还是笑眯眯的，她在收拾书本准备搬楼，那时我就瞬间泪涌。我躲进办公室，打开窗户，大口大口地吸气，努力调整情绪。此刻，周围没有人，我终于可以由着泪水发泄一通……吸吸鼻子，擦干眼泪，我抿紧嘴唇走向我的下一个岗位——高二年级。

生活的节奏很快，我从高三转向高二，又是一拨新的学生，每天上课、改作业、备课，无暇多想。难得今日值班，在人民楼安静的值班室里，我得以梳理这段校园生活。我终于明白，这届学生于我的意义：他们修复了我的生命，让我知道，相对于严厉的老师，性情温和的我也能成为一位学生喜爱的语文老师和班主任。我可以走近学生，影响学生，陪着他们，健康安宁、学有成效地度过高中时光。我有信心了，我相信自己可以在语文教学、班级管理上做得比第一届更好！

受挫，修复，成长，成熟，希望我能以更好的状态迎接明天，拥抱我的执教生涯。

我喜爱潞园，也感谢潞园，她以其静谧博大包容着我这个教师由幼稚走向成熟，我也希望自己，浸润潞园灵气，传承这份境界，以宽容、安静之心守护学生成长。在未来的日子里，愿与学生一起，好好陪伴彼此。

2020. 10. 4

盼　归

　　深蓝夜幕，一弯金钩；残月当空，心思故里。"月有阴晴圆缺，人有悲欢离合。"一年将逝，一年将启，年年岁岁间，与父母相聚的日子竟是那样稀少了。

　　我在十八岁时因上学而离家远行，那时还算不上远，两百公里，不足以阻隔我，一到节假日，我便箭速归去，兴致来时，周五归家，周日返校，也是常事。家是什么呢？是叩响大门时妈妈拖长了音调的应答，是进屋入室后那熟悉舒心的气息，是坐在餐桌前那对味可口的饭菜。桂花藕、苇香粽、粉蒸肉、粉鸡汤，即使是简单的徽子烧菠菜、萝卜炖肥肉，都是香味难挡。远在他乡的游子，时时有家乡的味道飘在鼻尖，撩在心头，细细嗅去，飘忽不定，却又强烈诱人。冲着我对妈妈的饭菜的眷恋，我也不该是那种远离故土的人；可我拿筷子吃饭时，确实握到了上端，家人开玩笑说，我是要嫁得远远的了。

　　从上学到工作，我真的越走越远。八百五十七公里，这是我的小家和故土的距离，十多小时，一夜车程。没有孩子时，我还能说走就走，不就是火车上睡一个晚上嘛，第二天，迎着初升的太阳回家，那感觉也是美美的。有了孩子，回老家于我而言，竟成了一件难事。冬天，老家没暖气，怕娃冻着；夏天，老宅阴潮，怕娃不适应，直到三岁时，我才带着她回了一次老家。南方的湿气，果然是娃不大适应的，鼻炎一犯，加速了我们归京的日期。有娃的日子里，时时刻刻都围着娃转，而娃对我的故乡没有太多需要，她的生活在北京，我只能将对故乡的思念一点点埋到内心深处。

今年遇上了疫情，春节我更是回不去了。疫情刚起时，我把口罩等防疫物品寄回去，叮嘱父母少出门；一年下来，父母因为出门锻炼减少，爸的血糖有些上升，妈的睡眠大打折扣。老宅屋子小，运动不开；一楼阴冷，冬日更甚。虽说是零下一二度到零上十度上下，但妈妈上了年纪，越发没了火力，总是嫌冷，视频中，看她在屋里还要戴着帽子蜷缩着肩膀。妈妈的小手指有点儿冻伤，洗菜做饭种种不便。我赶紧买了取暖器寄回家，但又能起多大作用呢？我这离家在外的女儿，能为父母做得实在太少，不能从根本上改善他们的生活质量。我和丈夫是家族里来北京的第一代人，异乡的孤单和艰辛，是北京谋生的青年人都经历过的。人到中年，照顾小的，牵挂老的，我多想接爸妈来北京过冬啊，但自己又没有能力同时赡养四位老人。

2020 年即将过去了，这一年将会以怎样的印痕留在人们的记忆中呢？在历史上这又意味着怎样的一年呢？活在当下的我们，对于历史书上的文字因为遥远而少了许多切身感触，百年千年之后，后人看到 2020 新冠疫情会震撼吗？全球七千多万的确诊病例会震撼他们吗？中国，是个相对安全的地方，疫情之下，我们像探出脑袋缓缓移动的蜗牛，看过空无一物的果蔬货架，看过人迹渐无的长安大街，看过满满充斥屏幕的疫情信息，我们越发珍视这得来不易的人间烟火气：武汉的樱花开了，四川的地摊火了，北京的糖葫芦可以兴高采烈地拿在手中了。时逢冬至，网红打卡地颐和园十七孔桥的落日光辉祥和而温柔，人们又能走出蜗居赏析美景了；人们还可以一家人围坐一室，吃饺子涮羊肉，热气腾腾，暖心欢畅，这浓浓的生活气息才是咱们老百姓的最爱啊。

凝视金钩明月，不是去年浓雾弥漫中的阴冷模样，淡黄的光晕很是柔美。再过一些日子吧，或者明年春节，我就能回到父母身边了吧，闻那熟悉的气息，吃那可口的饭菜，一家人团团圆圆，欢欢喜喜。红红火火中国年，这是世代中国人心中的最爱！

老家是什么？是让我牵挂的父母，是团聚一室的幸福。我，盼着归去！

2020. 12. 22

故乡的花果园

人到四十，常会不时想起故乡种种。前一阵儿我想念家乡特有的饭菜，这一阵儿我想念老家院子里的花花果果。

我家前院是四合院落，后院是一溜三间房和果蔬地。正房自家住，两侧厢房租给了两家人，东厢房的三间住着老两口和儿子，女儿住在西厢房顶头的一个单间，他们家也姓韩，在我家租住多年，我像待自家人一样称呼爷爷奶奶叔叔姑姑。老两口是爸妈单位的园艺工人，管理厂里的园林花木，他们屋里有文竹之类的小盆景，而植株大些的花草就围着他们的房子摆开来，占了大半个院子。最大的是一缸睡莲，墨绿的叶子敷在水面，碧盘上有晶莹小水珠，你一倾斜碧盘，水珠就骨碌碌滚到水里去，小时候我常趴在缸沿边按叶子玩儿。朵朵睡莲就像《西游记》里南海观世音坐于其上的莲花台，黄灿灿的花心如同佛光金闪闪，我还会幻想拇指姑娘睡在其间，拉片花瓣当被子。前院有两座葡萄架，分别搭在东西厢房前，一到夏天，密密的葡萄叶织就天然凉棚，一串串葡萄惹得我三天两头架把大椅子检查哪串熟了，软而有弹性，晶莹如美玉，那就能吃啦！

门廊左侧有一株桃树，桃子结得不咋地，从未让我品尝到鲜美多汁的大桃，但桃花开得特别绚烂。每年初春，麦田里绿油油一片时，桃树就超出院墙撑起一片夺目的粉霞。树有两米多高，枝条繁密，对对花儿紧凑地贴着枝条，或绽放，或含苞，形态各样；玫红花苞，粉艳花朵，花儿越往高处越是粉白洁净，深深浅浅。有时我会折下几枝送给同学，拿着花儿走在路上，引来路人声声赞叹，这早春的亮丽很是稀罕呢！

后院植株最大的是蜡梅花。粗枝干比桃树要多，整株花树比桃树要高、要大，春天、夏天它都是一身绿叶，是那种偏厚一些的笨笨的叶子，貌不惊人地立在西北院角，秋天它像所有树木一样叶片渐黄，终落得只剩光秃秃的枝杈。三季的落寞之后，在深冬时节大雪纷飞之际，它会一身金黄，满树浓香，朵朵花儿像金色小铃铛，未开的花苞是金豆豆，绽开的有醉人的酒红色花蕊。在肃杀洁白的寒冬，最有个性的就是它了，凌风傲雪，静观天地。

房屋后有一片空地，有一年这里种下了大姑给的草莓秧，大姑在乡下成亩成亩地种草莓，那是她家的一大笔副业收入，年年她都会送来一大竹筐草莓，那吃得叫一个痛快啊！这些年我再也没吃到那么香甜味正的草莓了。而后院的这片草莓地，是我那年满是期待的常去之处，看着它们开出小白花，结出小红果，丛丛绿秧下藏着簇簇甜草莓，随采随吃，幸福啊！就是这片空地，有一年还种了一般人见不到的罂粟花，韩爷爷只种了一小片，要取果实的药用价值。花开到拳头大小时，很是艳丽，红色、紫色，浓极带黑。因为见过了真正的罂粟花，再读到文学作品中渲染的神秘离奇的罂粟花，我也不神往了。若是读到罂粟般娇艳狠毒的女人，我就会想起后院里朵朵迎风招展的罂粟花。

后院其他院角还种着樱桃树、杏树、柿树，许是因为韩爷爷本是花匠，这些果树多长得不好。樱桃酸远大于甜，而且没等成熟就被鸟儿啄吃得坑坑洼洼；杏子倒能等到成熟，但酸的多，甜的少；柿子会挂满枝头，但我嫌涩嘴，不爱吃。樱桃树会开小白花，杏花好看些，淡淡粉色，柿子有花吗？我从未留意过。这些果树对我来说最好玩儿的是攀爬其上拉拽枝条够果子，我踩着粗壮点儿的主干树枝，够那枝头熟透的果子，是冒险刺激又蛮得意的事情。对于一个少有玩伴的小姑娘来说，这院中的花花果果带来了多少欢愉时光啊！

后来，韩爷爷一家搬新房了，盆栽植株都带走了，带不走的花花果果又因我家盖新房全给铲了。我也渐渐长大，离乡读书、工作，远离了那个院落。

故乡的花果园，连着童年生活，留存在了过去。年届四十的我，常看到记忆中的种种花果，常想起那个小姑娘的生活，那花香果酸沉酿成了浓浓的乡愁，弥漫心间。

2021. 1

感念师恩

在春暖花开的时节，心中涌起阵阵暖意，有一种强烈的情感想要抒发：我是如此幸运——在潞河遇到了四位于我终身受益的师父。

我的第一位师父是刘淑媛老师。那年，初来潞河，在师徒结对仪式中，刘老师收下四个徒弟，我是其中之一。相随时间不长，仅有一年，第二年，她带着其他三个弟子上高二了，我留在了高一。那时候我太年轻，一时间要学习的东西也太多，这一年，只顾紧跟着刘老师的步调走，无暇研究刘老师的特长。我一轮教完之后，又过了几年，我有幸又和刘老师同一备课组，我才明白了刘老师的厉害所在。刘老师特别注重学生的习惯培养和写作引导，学生的语文笔记整理得整整齐齐，现代文有字词预习，文言文有实虚词总结；读书笔记和大作文交替进行，课上点评和课下批阅都注重写作指导、佳作范例。这些事说来简单，好像都是常规项目，但能落实的才是真水平，刘老师的学生真的能落实。

刘老师还开设"趣识汉字""文言语法"等校本课，讲解汉字演变、语法规则清楚、通透。有次我去听课学习，更是领略了刘老师帅气的讲课风度。刘老师一手插在裤兜儿里，一手拿着水笔板书，她抛出一个问题，学生纷纷抢答，她顺着学生的思路和学生问答下去，学生就一下子撞到南墙上了。学生先是自鸣得意，然后是捂嘴愣神。刘老师开着学生的玩笑，指出问题所在，学生恍然大悟，很是开心，对刘老师更是佩服得五体投地。这样的课堂，你可以感受到师者驾驭课堂的帅气。刘老师说，课堂是从"有"中生发出来的，哪有那么多上课技巧，有了充足的学识，就能在课堂上生发无限精彩。这让我明白了加厚自己学识功底的重要性。

黄耀新老师，是我受业三年终得出师的师父。从 2007 年我带两个班语文课，至 2010 年送走我的第一届毕业班，我可以从程序上说自己"出师"了。这三年，我随时可以去听黄老师讲课。黄老师上课不慌不忙，底蕴深厚，教研员徐南南曾说："黄老师的课，越听越有意思，我听不够。"每每坐在讲台下，和学生们一起听黄老师上课，我就觉得"干货"满满。人言"可法曰师"，黄老师上课会教给学生很多有效的学法，让我明白语文课堂不是"讲不讲、学不学都行"的，踏踏实实学习，是能扎扎实实地掌握本领的！黄老师还是写作高手，文章如他的课堂一样，章法清晰，内涵丰富。

我在写作上是很没信心的，虽然上大学作文课时，日常习作也能得到八九十分，但中文系的人更看重才华横溢的佳作，我们欣赏能够妙笔生花的金笔杆。我在报社实习时，所在教育版的主编也是个写作能人，他曾说，你们这些上了中文系才想练笔的人，太迟了。然而，黄老师却鼓励我从任教伊始就开始练笔。我记得有次学生的作文题是"我的十六岁"，黄老师让我也写一篇。我那拙笨的习作是不是就像爱迪生那丑陋的小板凳一样呢？但黄老师却说挺好，比他年轻时写得好，说我们这些大学生起点很高，坚持写下去，以后会比他写得还好。现在想想，忽悠的成分很多啊，哈哈。十多年过去了，我的写作水平和黄老师的还是相差很远，但是当时真的激发了我练笔的热情，特级教师就是会鼓励人嘛！今天，我在写作上还是有一些进步的，这与多多练笔有关，感谢吾师鼓励！

张丽君老师是个很美的人，她是审美教育的化身。不仅是高考作文，文学类的小说、诗歌、戏剧，张老师都能教，而且自己写得很好，最近她就在写关于潞园历史的一个剧本。我跟着张老师组织文学社团活动，学着将语文课堂拓展至更宽广的空间。有一年，潞园文学社向来自全国各地的校园文学社团老师们展示诗剧《孔雀东南飞》，整节课有话剧演出，有创作指导。每一句台词创作，每一个演出动作，都离不开张老师的精心指导。时至今日，我还清楚记得仲卿、兰芝"化雀南飞"翩翩起舞的唯美场景，而这是张老师创编的呢！这样多才多艺的语文老师真是吾辈少有！与张老师相处愈久，相知就愈多。有一次，我去张老师家玩儿，她那明亮的客厅里，花草茂盛，靠阳台铺设一张长桌，桌上是尚未完稿的国画荷花，可以想见张老师俯身作画的场景，真是雅致多趣。客厅里有一个大鱼缸，锦鲤嬉戏假山水草之间，张老师还特意为它们写过文章《我家有鱼》，把鱼儿写得活灵活现的。鱼儿各个有名，模样不一，个性不一，都是张老师欢喜的宝贝儿。如此富有生活情趣的张老师，言谈举止都是热爱生活的气息，而她的课堂自然富有审美情趣，她会带着学生联想到一个个春花秋月佳人趣事，妙语连珠的课堂真有齿颊留香之感。跟着张老师，我明白了语文课堂的情趣所在，更领略了授课语言的精美。

初见陈晓东老师，你会觉得这老师是教体育的，或教数学的，令人意外的是，他是教语文的！有次听陈老师讲开学第一课，他潇洒地在黑板上写下"观世音菩萨"，那矫若惊龙的五个大字，立刻让我服服的！大气！而他对这五个字的解释也很独特："学语文，要观看世间万象，听闻世间百音，还要怀一颗良知不泯之善心。"有趣而深刻啊！陈老师于我最大的帮助是拓宽我的阅读面。中文系出身的我，文学书籍阅读得多，尤其是小说。那年陈老师送我一套关于抗日战争的历史书，这对只从教科书获取历史知识的我，很开眼界。这几个月，在陈老师的指引下，我阅读了董桥的《旧日红》、高建龄的《胡马依风》，董桥精致隽永的语言，令我回味不绝；高建龄粗犷刚健的西北风情，令我惊叹不已，读这些书真是快乐！

算来，我初识四位老师时，他们应该是四十出头的年纪，眨眼十五年过去，他们竟或退休，或将要退休，这让我怎能适应呢?！我已经习惯了向他们请教，受他们教诲。更为惭愧的是，我在语文教学上尚未有自己的成果，似乎还未出师，还未有悟。好吧，让我带着这份感恩之情、惭愧之意，多点儿对自己的鞭策吧。愿潞河语文教育的薪火得吾辈传承，愿吾辈无愧恩师，开创佳绩！

2021. 4. 2

戏说人生

Xi Shuo Ren Sheng

成长在潞园

　　白色的太阳在薄雾中晃着它那不清晰的脸。中午，石莱挽着胡萍的胳膊，慵懒地走在操场边石板路上。

　　"咦？"石莱紧脚向前两步，捡起草丛中的一张卡，"饭卡哎，谁的饭卡丢了？"胡萍拿过来，前后翻转看了看，并不见名字什么的，略一思索："学生处经常挂个小黑板出来，失物招领，送那儿去。""好！"石莱开心地答应了。

　　交完饭卡，俩人各自回班。她们并不在一个班，初中时是好朋友，现在经常一起吃午饭。胡萍回班后，偷偷拿出手机刷朋友圈，有两天没刷朋友圈了，都有什么新鲜事呢：篮球比赛，迟到挨剋，学生会竞选……嘿，周时丢饭卡了。她抬头向班里扫视一圈，不见周时，就在朋友圈给他留言："去学生处，我们刚捡了张送那儿去了。"感觉玩儿得有一会儿了，怕给老师没收了，胡萍把手机装好，趴在桌上小憩。

　　"胡萍！"周时怒气冲冲走到胡萍身边，一推胳膊。胡萍随即挺直了身子："干吗呀？""这卡是你交的？""是啊。""里面的钱呢？""我怎么知道？""你捡的你不知道？""你什么意思啊？""我就这意

173

思，里面的钱都没了，被你刷了吧？""你别狗咬吕洞宾，要不是我们交了，你上哪儿找卡去？好心交到学生处，还告诉你，你倒赖我刷你钱！""不是你刷的，那谁刷的?""我怎么知道?"周时的同桌闫妮走过来拉了拉他的胳膊："你的卡不是昨天中午丢的吗？现在才找到，中间这么长时间，保不齐谁刷的呢。""哼，很可能就是她！天天鬼鬼祟祟的，班里丢了好几次东西，大家早就怀疑她了，这次卡正好撞她手里，到手的鸽子还不要?""说什么呢？你！"胡萍被激怒了，抓起书本就往周时脸上扔。周时也不示弱，上来就推胡萍："小偷，你还打人！"眼看两人就要厮打上，周围的同学纷纷来拉，这边早有人往办公室请老师去了。

班主任高明走进教室，面红耳赤的两个人也就收了手。高老师了解情况后，对周时说："没有十足的证据，就不能说是胡萍刷了卡。""很可能是她！"周时绷着红涨的小脸说，"班里每次丢东西，就她一人在，大家都知道的，这次她捡了卡，卡里就没钱了，能不是她刷的?! 还给上交，装好人！""你……你……"胡萍瞪大了眼睛，却不知说什么，她现在终于明白为什么有时候同学待自己怪怪的了，泪水哗哗地往外涌，"你胡说……你胡说……"一边是怒气冲冲的周时，一边是哭泣不止的胡萍，高老师按着两人的肩膀说："都先冷静一下，等我查查再处理。大家先上课。"上课铃声已经响起，语文谭老师走上了讲台，高老师让大家赶紧坐好，低着头走了出去。

卡是谁刷的呢？虽然班里几次失窃，大家都怀疑胡萍，但一直就没找到证据，这次，看胡萍那么委屈，好像不是她。高老师决定去学生处了解一下那张卡的情况。

在学生处，高老师找到了失物登记处的姚老师，在记录本上面看到：2016 年 10 月 13 日中午，高三 6 班石莱上交一张饭卡。高三 8 班周时认领饭卡。"姚老师，卡是 6 班石莱交的?""是啊，那孩子报了名，我就记录下来了。""哦……姚老师，饭卡的消费记录能查到吗?""听说能，你去问问食堂充卡的韩老师。""好哩，谢谢您。"

高老师又到了后勤值班室。

"是韩老师吗?"

"是，您是?"

"我是咱们学校的老师，高三 8 班班主任高明。"

"哦，有事?"

"我想查一下我班周时饭卡的消费情况。"

"行，您稍等。"韩老师走到电脑前坐下，嘴里念叨着，"周时?好像是这个孩子，昨天来过的，挂失。但那时钱已经没了。查哪天的?""就这三天。"电脑屏幕上显示出一条条的消费信息，十多元、五六元的不等，而昨天中午 13：05 和大课间 16：40 有两笔三四十元的消费，很是扎眼。按时间来算，是丢卡后别人刷去的。

出了值班室，走在洛宾路上，高老师陷入沉思：卡是今天交的，她俩今天才捡到。钱是昨天刷的，很可能是有人刷完后给扔了，刷卡的应该另有其人；到哪儿能查到这个刷卡的人呢? 缓缓走上洛宾路，银杏树华丽的金色晚礼服给古朴而沉稳的解放楼映上一抹亮丽与活力。慢慢走在银杏树下，微微侧头可以看见金叶缝隙间射下来的刺目白光，光叶交错间自有一种玄妙。往左走两步，置身路中间，抬头可见金色树梢上湛湛蓝天。"悠悠潞园，代代学子，不承想，我竟碰到了这么一个费解的问题。"高明老师左手揉捏着右手手掌，思

175

忖道："下一步往哪儿去呢？"看看手表已经下午 2∶10，第一节课快要下课，该准备第二节课了，高老师走回办公室。

进了办公室，高老师若有所思的表情引起了对面张老师的注意："怎么了，高老师？"

高老师看着张老师，突然想起石莱是她班的："张老师，你班石莱，是个什么样的学生？"

"这孩子学习好，人也热情，热心班里事，跟班里同学们处得挺好的。哎，你怎么想起来问她？"

"哦，今天她和我班胡萍一起把一张饭卡送到了学生处。"

"这孩子平时就热心，拾金不昧啊。"

"是，只是，这卡里的钱没了，也不知谁给刷了。"

"哟，这挺讨厌的。丢了多少钱啊？"

"没多少，六十七元。……周时非说是胡萍给刷了，胡萍坚决不承认。"

"是孩子们之间的关系不好处理啊。"张老师端起水杯抿了一口，问道，"你去后勤那儿查了吗？"

"嗯。"

"那就应该知道刷卡的时间和地点了啊！"

"时间查到了，地点？"

"时间后面的信息就是刷卡地点。"

"哦！"高老师细想刚才在电脑前看到的一长串信息，"好像是小卖部。"

"咱们学校有很多监控，小卖部那儿很可能有，你去试试吧。"

"您提醒我了，我下课就去问问看。"

第二节课后，高老师又跑到了小卖部。"师傅，有事麻烦您。咱这儿有监控视频吗？""有，您要干什么？""班里孩子的饭卡丢了，找到时钱已经没了，我想查查下午一点和四点的刷卡情况。""行，您跟我到里面来。"高老师笑逐颜开，终于有眉目了。

　　随着视频倒退，时间锁定在刷卡消费的 16:40，屏幕上清晰地出现了胡萍和石莱的身影。高老师的心里咯噔一下，胡萍不是一口咬定自己没有刷卡吗？想仔细看看，却因周围同学走来走去，看不清。再看中午 13:05 的刷卡视频，清晰可见——是石莱在刷卡。也就是说，这张卡昨天中午就在石莱的手里了。那为什么后来又被她捡到了呢？

　　离开小卖部，高老师缓缓地走着，思索着到底是怎么一回事。缓缓地走到班级门口，走到楼道的大窗户前，高老师决定，一会儿再问问胡萍。

　　下课了，高老师喊胡萍来到办公室。

　　"胡萍，昨天下午，大课间，你去小卖部了？"

　　"昨天大课间？"胡萍想了会儿，点点头说，"嗯，是。"

　　"你买东西？"

　　"没，石莱让我陪她去，她请客。"

　　"为什么请客？"

　　"她过生日，她说，昨天她妈妈来看她，给了她好多生活费。"

　　"今天中午，你们在哪儿捡到的卡？"

　　"操场边。"

　　"谁先看到的？"胡萍睁大了眼睛，困惑地看着老师，不明白她问这些干吗，"石莱先看到的。"

177

"行，你先回去吧，等我把事情查清楚了，自然会给你一个公道。"看着高老师柔和的眼神，胡萍心中虽不解，也不知说什么，皱着眉头走开了。

高老师看着胡萍离开，关好了门，坐回自己的位置上，压低声音跟对面的张老师说："张老师，中午的视频显示，是石莱刷了卡。"

"什么？"张老师高扬的声调充分表明着"这怎么可能！"

"刚才你也听到了，胡萍说，大课间石莱让她陪着去，请客。我推测，石莱捡到卡后，刷完了里面的钱，又把卡扔到操场边，然后装成和胡萍一起捡了卡。"

张老师的手紧紧地攥成了拳头，抵在嘴唇边，这怎么可能？一个师生都很喜爱信任的学生，怎么会做这样的事？关于石莱的印象，在张老师脑海里交织成一片……

石莱是个单亲家庭的孩子，父母离异后，她跟着爸爸生活。虽家境不富裕，但孩子挺上进。学习上的事从没含糊，各科都按老师的要求认真学习。作为班里的卫生委员，每次张老师交给的活，她都爽快地应下，保质完成。想着她每次眨着大眼睛使劲儿点头答应的样子，张老师真不能相信，石莱会做这样的事。

最终，张老师还是喊石莱到办公室对质。

"石莱，听说你捡了一张饭卡？"

"是啊，已经交到学生处了。"

"可是，这张卡里的钱没了。"

"哦。"石莱很疑惑地看着张老师。

"有人说，卡是你刷的。"

"张老师，刚才8班吵闹，我们都听到了，你们刚开始怀疑胡萍，现在又怀疑我，难道好事不能做了吗？捡到卡就应该随手扔掉，对吧？这样就不会被别人诬陷了！"石莱大声地为自己分辩，说着还哭了起来。

这让张老师更不知所措了，石莱坚决不承认，高老师有视频为证。这到底是怎么回事？

"石莱，我问你。"对面的高老师走到石莱身边，"卡是今天中午上交的，对吗？"

"嗯。"石莱抽抽噎噎地说。

"昨天下午大课间，你请胡萍的客，刷的是谁的卡？"

"我自己的！"

"昨天中午上课前，你去小卖部，刷的谁的卡？"

"都是我的！"

"真的？"看着石莱瞪大的眼睛，高老师停顿了一会儿，缓缓说道，"可是，下午16∶40，中午13∶05，你的卡并没有消费记录，周时的卡倒是有这两笔消费记录。而且，监控视频里清楚看见，这两个时间点，是你在小卖部刷卡。"

面对老师凿凿的证词，石莱先是一愣，又哭着嚷道："我刷的是自己的卡，老师，您不能诬陷我！"

石莱的拒不承认让两位老师很惊讶，只好先让她回班上课。

关上了门，张老师很为难地说："高老师，录像为证，应该不会错。石莱为什么不承认呢？这孩子一直给大家的印象都很好，怎么会一时糊涂做这种事呢？"

高老师也陷入了沉默，她在想，这个石莱，心思是很缜密的，她会故意造成第一次捡卡的假象；在证据面前，她还坚决否认，为什么呢？

突然间，高老师想起了自己四岁的女儿。女儿有时做错事也会不承认，那次女儿未经允许拿钢笔玩儿，不小心摔坏了笔尖，她却说是拿画册时碰掉了钢笔。是自己严厉的眼神吓到了孩子？是对惩罚的害怕？是对自我的保护？孩子没有说实话，这让高老师经常想，怎么才能让孩子在犯了错误时仍能坦诚地面对自己。不管发生了什么，孩子应该相信妈妈，向妈妈求助啊，而自己只是想帮助孩子更好地成长。

想到这儿，高老师转头看着张老师："张老师，石莱这回刷卡又扔卡、捡卡，说明她不是完全不考虑别人的。你说她之前一直给大家一个好印象，说明她渴望集体的认同、欣赏。这事发生后，她坚决不承认，应该是不想破坏她在师生心目中的好形象。她不想被拆穿，不想被排斥，她在乎同学们的看法。如果我们拆穿了，不知这孩子会做出怎样的事。"

"那怎么办呢？"张老师感到束手无策了。

"您再和石莱聊聊吧，她是个聪明孩子。这次如此糊涂，应该是有原因的。"

时间在匆忙中流逝，转眼已到五点半，放学的铃声响起。时间老人长长地喘了一口气，也给大家一个舒缓的机会，漫漫长夜降临。

"高老师，昨儿孩子回家哭得很凶，我一问，才知道孩子给冤枉了。这事，您得给评评理。"办公室里，一大早，胡萍的妈妈就来了，要给孩子讨个公道。

"胡萍妈妈，这事我也是昨天中午才知道，还在调查中，您等

180

等，我们不会冤枉任何孩子的！"高老师耐心而诚恳地解释。

"高老师，您知道，我们家胡萍不是那脑瓜子很灵的孩子，但是孩子知道学，每天晚上都会学到很晚。昨儿那孩子说班里每次丢东西时，就胡萍一人在班里，就赖我们偷了东西。我们胡萍委屈啊，她是经常一人在班里，那是在学习，没想到大家因此怀疑她偷东西。"

"胡萍妈妈，您放心，我会给孩子一个公道，给我点儿时间，好吗？"

"好吧，老师。我们家的经济条件不差，孩子不会偷偷摸摸的，自己的孩子，还能不了解？班里这事挺伤孩子，拜托您了！"

送走了胡萍妈妈，高老师回到办公室，与张老师四目相对。只有做通石莱的思想工作，事情才能都解决，这结还得从石莱这儿解开。

大课间，石莱坐在张老师的旁边，高老师在对面改作业。

"石莱，咱们相处也有两年了，你从来没让老师操过心。"张老师温和的声音如一股暖流般在消融着办公室里的坚冰。

黑色的眼圈出卖了石莱内心的焦灼，一夜的辗转并没有告诉她很好的办法。她不敢承认，她害怕同学们知道后那鄙夷的目光，她以前就经历过，如芒刺在背啊。她用指甲狠狠地掐着手指，一言不发。

张老师细细地盯着石莱看，她觉得今天的石莱和昨天不一样了，不像昨天那样强硬了。

"石莱，是你刷了卡，对吗？"

依然是不吭声。

"为什么这么糊涂？"

泪水开始啪嗒啪嗒地落到石莱的手上。

"前两天妈妈来了？"

石莱摇了摇头："没有，没有，好久没见妈妈了。"如江水决堤，石莱哭了，"别人过生日，都有爸爸妈妈给庆祝，我没有，别人有礼物，我也没有。我知道他们看不起我，没有苹果，没有名牌，连妈妈都没有……"

石莱的哭诉扎疼了两位老师的心，这个社会，金钱炫花了多少人的眼睛，一个孩子当然不容易面对这些，虚荣心谁又多多少少没一点儿呢？高老师由此也看明白了石莱这次一时糊涂的原因——自卑和虚荣。她走了过去，也坐到了石莱的旁边："孩子，我们没法选择我们出生的家庭，可是，我们能够努力让自己的未来更加美好。"

"是啊。"张老师接着说，"石莱，一直以来，你都是我心目中很优秀的学生，学习上进，工作负责，那些外在的东西从来没有影响你成为一个优秀的学生。"

"老师……我错了……"哭泣着的石莱低下了头。

隐隐约约地，高明怀疑班里另外两次失窃也和石莱有关系："孩子，还有件事，我想问问你，我班有两次丢了东西，大家都怀疑是胡萍，你知道是怎么回事吗？"

"老师，我一夜没睡，我不知道怎么办，我不敢承认……"

"放心，我不会公布的，但我必须给胡萍一个公道，你们是好朋友，你也不想看到她痛苦吧？"

哭泣着的石莱断断续续地说："有次……我去找她玩儿……她正在那儿专心做题，让我等她会儿……我前前后后地在教室里走着玩儿，看到了一个 MP4，我一直都想要一个，可爸爸不给我买……我趁胡萍没留意，就顺手装兜儿里了……老师，我一共就拿了两次，那一百块钱，我也还回去，行吗？"石莱诚恳地看着高老师，眼睛里满是乞求。

看着这个学生，两位老师真是既生气又心疼，虚荣心真是害苦了她。

张老师语重心长地对她说："石莱，我经常跟大家说，君子爱财，取之有道。你怎么就这么糊涂啊！以后，千万别再这样了，偷顺了手，你的人生就全毁了！"

"老师……"石莱已经是泪花花的一张脸了。

高老师从洗脸盆里把毛巾使劲儿一拧，递了过来："石莱，我相信，你真的知道错了。只要你迷途知返，老师们会给你机会。你能保证，再也没有下次吗？"

"老师。"石莱瞪大泪汪汪的眼睛，感激地看着高老师，不住地拼命点头。

…………

后来，高老师往周时饭卡里充了六十七块钱，跟他说，这是刷卡人还的，但考虑到这位同学的将来，就不告诉他是谁了，而他一时鲁莽，伤了胡萍，需要他在班里给胡萍道歉，因为这钱，确实不是胡萍刷的。

再后来，周时在班里公开给胡萍道了歉。

再再后来，高三年级，再也没出现过丢东西的事。

潞河校园里，你依然能看到上进负责的石莱，能看到那群快乐、阳光的孩子们。

2016. 10. 16

兄　　弟

一

那是 1988 年的秋天，在一个小县城里。

小县城里有几家企业经济效益很好，有个张家庄就位于制药厂和丝绸厂之间，庄上很多人在这两家企业上班，日子过得挺滋润。小村庄里一直就住着张、赵、石、魏四大家族，其中的张家，家业稍大，弟兄最多。张家七兄弟，老大最富裕。

老三正在盖新房，材料不够用，他去找老大："大……大哥，西……西厢房盖……盖不起来了，没……没钱……买料。"老三挤着他那双一说话就挤不停、平时也睁不开的三角眼，结结巴巴地跟老大说。

老三过年就要娶新媳妇。新娘子是赵家二婶的远房亲戚，虽说是农村姑娘，但俊俏机灵。她不嫌老三丑，乐意嫁到县城里来。

老大当然知道，老三能娶到这么好的媳妇实在不容易，附近庄上的姑娘谁能看得上老三？面相丑，说话结巴，做事也不利索。老四、老六都成家了，他这才刚说好了媳妇。老大二话不说，拿起电话就找窑厂的朋友："二黑啊？……我老大，给送十车砖吧……"老大是包工头，建筑材料方面，有经常联系的供货商。

"行了，回去等着吧。"老大让老三回家，自己又进屋取存折，准备买沙子。

老大跟大嫂说，老三长得丑，终于说好了媳妇，这婚房得帮他盖好。

二

一年后，老四要扩盖几间厢房，又得老大帮忙。老爷子最疼老四，他亲自来找老大。

大嫂正坐在自己电话亭里发愣。自从高血压办了内退，她想出了看电话亭卖杂货的营生。半天过去了，也没个人来买东西。

远远地，大嫂看见家里老爷子又朝电话亭这边走来，老爷子跟着老六住在老宅子，今儿是为了啥一趟趟地跑来？大嫂心里犯嘀咕，但老爷子不说，她也不问。

老爷子走到了跟前："老大还没回来？"

"爸——"大嫂赶紧站起，"没来这儿，要不您去家里看看？"

老爷子趿拉着布鞋"嚓——嚓——"地往老大家走去，过了一小会儿，又"嚓——嚓——"地从大嫂面前一声没吭地走过去。他背着手，弯着腰，伸着脖子，低垂着眼皮。

大嫂愣愣地看着老爷子的背影，心想：这是找着了没？啥事儿啊？就不能跟我说说？

中午吃饭时，大嫂对老大说："爸上午找了你两趟，不知啥事。"

"在西庄遇上了，老四盖房子，要从我这儿挪三千块钱。"

"三千块钱？你哪那么多钱总给他们？"

"老四自己都没敢跟我说，央求爸来找我，爸都来了，还能不给？"

"给了？"

"给了。"

难怪老爷子不跟大嫂说，怕大嫂舍不得吧。

三

老魏是饭庄的老板，这会儿笑得满脸堆肉，招呼着就要出门的客人："弟兄们都吃好了啊，再来两包烟带着吧。"

李彪上前接过两包中华烟："拿两条子出来嘛，每人两包。"

"大彪，大家吃好就行了，别再揣了。"老大制止了李彪。

"这……大哥，帮魏哥清清货嘛。"李彪有些尴尬，讪讪地笑着说。

"行了，没少花了。"老大脸一冷，他常常是这样拒绝别人的。

李彪冲老魏抬了抬下巴使了个眼色，嘴里咕哝着："又不花你的钱。"

这顿饭，是走居委会的公账。城镇扩大化后，张家庄变田地为工厂，最近丝绸厂又扩大厂房，要征用田地。居委会办事的几个人，拉着庄上几大家子管事的，一起测量庄上剩余不多的田地，忙活了一上午，一起吃顿饭。老大觉得吃好喝好就可以了，虽说是公家的钱，花太多也不合适。李彪拉大家来老魏饭店，老大没啥意见，但如果连吃带拿，他可看不惯。

四

几个月之后。

邻院大伟气喘吁吁地拍响老大家的大门："大嫂，大哥跟老魏打起来了！"

大嫂听见大门响，赶紧出来："说啥呢，大伟？"

"老魏饭庄，大哥跟老魏打起来了！"

"为啥呀？"大嫂慌着往饭店跑。

"饭桌上的事不知道。这会子正在饭店门口打着呢！"大伟边跟着跑边回答。

老魏一米八，长得高高壮壮的；老大一米七，虽然胖点儿，一看就是虚胖的主儿。老大很快就被老魏压在地上，揍得眼肿脸青，鼻血流了一地。

大嫂赶到时，根本就没看到老大，说是已经报警，老大给送医院去了。

"二爷，怎么打起来了？"大嫂看见居委会的本家二爷也在场，焦急地问他。

"大家互相敬酒，两人言语不合，就动手了。"二爷叹了口气。

"问你家老六，他当时也挤在人群堆里。"七婶尖着眼睛小声对大嫂说。

晚上八点多，大嫂回家取毯子之类陪床用，七岁大的女儿可怜兮兮地跟在身后，看着妈妈翻箱倒柜。妈妈皱着眉头一声不吭的样子吓着了女儿。

瞅妈妈收拾好包裹，坐凳上喘气的空儿，女儿偎了过去："妈

188

妈，爸爸呢?"

"在医院，晚上姥姥来陪你。一会儿就该来了。"

"妈妈，爸爸怎么了?"

"没事，过几天就回来了。……唉，弟兄七个，用钱时都知道找大哥，大哥被打了，一个也见不着。"

五

又过了十来年。

张家庄的百姓生活更滋润了。因为地处城镇边缘，许多进城务工的人在此租赁房屋，家家户户大院子两三层楼，上班之外还有房租收入。

张家弟兄几个，老三房子翻盖得最多，每层楼有四套房，每月仅房租就有两三千。可是弟兄之间，谁都说自己手头不宽裕。

这天，老大和老四一起坐到了老三家。居委会发给弟兄几个的租用土地利润分红，老三一人领了，却迟迟没给大家，老四上次见面时问了他一次，他推说没领。

"老三，居委会每年让我们领的两千块钱，都在你这儿呢?"老大发问。

"嗯，是。"见了老大，老三改了口。

"那咋没给我们呢?"老大追问。

"大哥，你的我不是给你了?"老三应道。

"你啥时给我的?"老大很奇怪。

"就是上月初。"老三答道。

"上月初? 上月初这钱还没到居委会呢。"老大盯着老三。

189

"我……我……" 知道赖不过，老三只好承认，"我拿大家的钱，给自己买了份保险。"

"老三，你这样不合适吧。" 老四说。

"……我让大英还你们吧。" 老三想了想，回答。大英是老三媳妇。

老大和老四看老三认了就决定走，到了院子里，正看到大英，老大说："大英，居委会给每家发的钱，老三让还大家。"

"又不是我拿的，凭什么让我还？" 大英不乐意给。在这家，她管账，老三买包烟都要从她手里讨钱。

老大一看大英这态度，啥话都说不出口，扭头就走。这两口子，真行！

六

张家庄的人们占着城乡接合处的有利地势，挣钱门路多，生活越来越富裕。张家弟兄七个，盖了楼，买了车，老三还戴了墨镜遛起了大狼狗。然而，自从老爷子去世后，哥几个逢年过节不聚桌，各过各的小日子，兄弟情味越来越淡……

2017. 1. 22

师者能耐

周一晚自习，沿着黑魆魆的楼梯走向三层教室，她到现在还没想好：严厉的样子？温柔的样子？不容商量的零分？给他改过的机会？到底怎样好呢？

王雪老师教 7、8 两个班的语文，刚刚的模块考试中，班里有三个同学的作文被她记了零分——大段的抄袭！高二的学生了，写作水平远不及小学生，居然抄小学生范文！更让她恼火的是，这三个学生平时不交作业不听课，除了睡觉还是睡觉。这两年也真是的，整体水平越来越差，最差的更是到了极致，从没见过这样的！然而，给个零分，能警醒他们吗？能起到教育作用吗？

许是一直以来的温柔性情起了惯性作用，她把卷子放到李谊桌面上时，尽管有意识地沉了沉脸，声音还是那么温和："你的卷子，外面等我。"她把值班表交给值日生，自己按常规查点人数。

李谊松松垮垮地倚着门框，看着她数人，手里提拉着对折的试卷。

王雪数完人数关上了门，为了不吵着学生上自习，她走到了楼廊东头。

"卷子怎么回事？"李谊吊儿郎当的样子让她难受，她的声音变严厉了。

"怎么了？"李谊这才打开卷子，眉毛也随之挑起来，"凭什么呀？"

"抄袭的作文一律零分。"王雪心里挺纳闷，这孩子明明抄袭，却明知故问。

"凭什么说我抄的啊？"李谊倒是一副责问的口气。

"网上能找到同样的文章，前后全部一致。"王雪虽然证据确凿，心里却很难受，真没见过这样的学生，证据确凿的事情还要耍赖。

"那好吧。"李谊把头一甩，"刺——刺——"两声把卷子撕了，一扭身，晃荡着走向教室。

王雪有些愕然，这并不是她想要的结局："李谊……你觉得这样能解决问题吗？"

李谊定住了脚，迟疑片刻又走了回来："放心，老师，我不会在评教上给你差评的。"

这让王雪哭笑不得："说什么呢？"一个老师在意的是学生的评教结果？她虽然也重视，但从未因此不敢管教学生，这也太小瞧她了。

李谊做出很成熟的样子："老师，我又不浑，自己做错的事自己承担后果，零分就零分吧，我又不记恨您。您放心吧。"

"爱怎么评教是你的事，现在说的是考试，两码事！"王雪其实很不理解他，自己想着教育这个学生，而他在想什么呢？

"那您说怎么办？"李谊眼神缥缈地望向窗外的黑夜，似乎什么都不在意。

"自己写一篇吧。"王雪终于想明白了这件事能达到的作用——一次写作训练。

"真的？"李谊似乎也很惊喜事情还有回旋余地，"那二卷的成绩呢？"

"二卷我没法断你抄袭，但是下次考试我若监考你休想抄到。"对于得寸进尺的李谊，王雪多想给他个零分！但又有多大作用呢？上次考了零分他不还是继续课上睡觉？王雪只能选择退让一步的策略。"赶紧去写吧。"

"得嘞，一会儿找您改作文。"李谊又变成了嘻嘻哈哈的样子。

王老师又沿着黑魆魆的楼道走回办公室，批改起如山的作业……

2017.4.11

认　　可

许平，教师。

2009 年夏天，许平工作的第四个年头。

散会了，她随着人群走出会场，要去领下学期的聘用通知单。

大槐树下，教研组组长把红色通知单发给众人。许平惊讶了，通知单上赫然写着：2010—2011 学年，校委会拟聘请您担任中英班语文教师。

中英班？这是本校与英国学校合作办学项目，学生在此高中毕业后直接升入英国的大学。参加这个项目的多是富二代，根本不学习，能哄着他们不出乱子就万事大吉了。给这样的学生当老师，折磨人啊！同事们私下都认为，中英班是老师们的"贬谪之地"。

许平很不理解，怎么会是这样一种安排？她刚送完第一届毕业班，成绩还不错。三年来自己跟班级捆绑在一起，白天上课、处理杂事，晚上克服困倦备课至夜深。再说成绩，不差啊！难道领导们不满意？功劳没有，苦劳也没有？自己三年的努力就是这样一种结局？为什么自己连教普通班级的机会都没有了呢？自己的教学事业将走向何方？

这个暑假，许平过得很郁闷。

夏日天空阴晴不定，人的命运也如此多变。

正在家里打扫卫生的许平，听到铃铃电话响。

"是许平吗？"

"嗯。哪位？"

"我是李校长。"

"哦，李校长，您好。"

"是这样，下学期工作有变动，你愿意带高一3、4班吗？"

"愿意啊！"

"那好，就这样定。再见。"

"谢谢校长，再见。"

后来听说，原来的老师辞职了，她就填了这个缺。人生多变，命不由己。

又是三年辛勤耕耘，每天备课上课批改作业，改不完的作业，答不完的疑难，常常是回到家，微信里还有学生问问题，再做题再答疑。好在成绩这事，不负辛劳，清清楚楚，高考时，许平得了平行班第一名的好成绩。

新一年的聘用通知单上，许平安心地看到，自己顺利开始下一轮高一。她多多少少感到了一份鼓励。

今年，许平开始有了新想法。同龄的老师一个个评上了高级，自己呢？高级职称是对教师水平的一种认定，自己啥时能评上呢？评高级好像不完全与教学成绩相关，那还与什么有关呢？自己差在哪儿呢？

许平一如既往地认真工作，只是心里，多了份期待。

黎明时分，太阳还温柔地轻抚大地。许平看着那柔柔晨光，努力回忆梦里的事。是顶头上司？是他！他声严厉色地对自己说："你业务不行，师德也不过关！"

"啊？"许平窘红了脸，"学生很喜欢我啊，我今年还被评为优秀导师呢！"

领导摇摇头，掷地有声地说："不行不行，那也不行，你业务不过关！"

她斗胆怯怯地反驳道："平时考试，我班经常优秀啊！"

领导还是摇头："不行不行，要大家说好才是好。"

"大家说好是啥意思？"

领导不说话了，满是深意地咧嘴嘿嘿笑。

许平读不懂那"嘿嘿笑"，很是着急，竟急醒了。

她看着那明晃晃的太阳，耳边还来回摇晃着两个字：不行！不行！不行……

要怎样才行呢？

许平，三十六岁，勤勤恳恳，教书育人，她渴望得到认可。

2017. 7. 11

闹　　剧

　　下午两点半，会议继续，会场里只剩下稀稀落落一些人。李盼先是坐在旁边不显眼的地方，却被集中到中间几排，说是为了拍照效果。环视这松松垮垮的会场，她仿佛看到了上次开会的情景，主席台上轮流发言，开场白几乎一致："被指名发言我很意外，没有准备，请大家谅解……"观众席上星星点点，又都是低头一族。有啥可听的呢？李盼拿出了几份学生习作改起来。

　　就几篇作文，没等两个人发言完，她就批好了。收起笔，她又看向主席台，"这个主持人长得有点儿像那个小品演员，那演员叫什么来着，怎么想不起来呢，这记性，真叫差"。她在心里嘀咕着。"……下面请十七中学的李校长发言……没有来吗？那就请新经中学的边校长发言……也没来？张家口奋进中学的余校长来了吗？"

　　只见她左边的人举手示意，然后从座位间挤了出去，大步流星跨上发言席："首先，要说一下，我不是余校长。今天本该余校长来发言，但他刚好退休了，就安排我来发言。我是教务主任，我姓汪。"这粗重的男中音一扫前两位发言人的低闷，扫去了会场上的昏昏沉沉。"我想谈谈教育生态的问题。前几届峰会我都去了，我觉得南方学校文学课程进展得很好,北方就很艰难了,北方的教育生态环境很恶劣,其实我们都是心照不宣的,大家参加校园活动的目的大多很功利,为了自主招生加分。大家的升学压力很大,我们河北的文学教育就很难实施,刚才看到这个学校的高三还在上课,我旁边北京乔苑中学的老师开会还在改作文——"随着他的语音停顿,会场响起笑声。而李盼右边的老师用一双含义丰富的眼神笑嘻嘻地看她:"说的是你吧?""至于这么说吗?!"她甚为不满地嘟囔一声,听他还要发表什么高论。"我对课改的进展是很担心的,当然我也看到了希望,中学文学研究会提倡文学教育、文学课堂,这让我相信,课堂在分数之外还可以很文学的。谢谢!"

什么人哪?!怎能把人家学校给晾上会场,博取眼球和笑声?坏了,她竟成了反面教材啦!情何以堪!她突然想起上次参会挨批——说她不积极与同事交流,只因她在会议中场的午休时间赶着准备第二天的双排课。当时她还委屈,会间你们闲聊我备课怎么就不行?现在她明白了,在这种场合备课改作业都应该叫"压力大",叫"追分族",体现的是教育生态恶劣!正如这汪主任后来说的,睡觉看手机都无所谓,人家那是放松,你开会还工作,是工作压力山大。唉,上次已经被领导说了一顿,这次还了得?大会上点了学校的名!她突然意识到,自己在这会场的行为代表着学校,这不得体的行为损坏了学校荣誉,北京乔苑中学一直提倡文学教育、素质教育,是作为优秀示范学校亮相的,自己现在却被当成了追分族、压力山大的典型。她心里慌乱极了,她深知覆水难收的道理,如何是好?错误已经犯下,怎么弥补?千万别出大乱子!她用会议文件盖住那几份习作,边边角角都盖严了,然后绷直了身子,瞪直了眼睛,看主席台上你方唱罢我登场，心里已是锣鼓喧天七个隆咚八个锵。

这位汪主任发完言没再坐回她左边的位置，她右边座位上的人又是拍照又是记录，过了会儿，他把平板递给她，指着第四条记录"乔苑中学老师会上改作文"给她看："这是说你吗？"她窘红了脸，说："请您删掉，这对我影响很不好。""没事吧？""请您删掉。"在她的坚持下他删掉了，而她心里更难受了，心想，他会不会再给添上？若传到网上那影响就大了，学校领导知道后她可怎么办？损坏学校荣誉的罪人啊！她内心狂堵地听发言，原本因春光明媚而变好的心情彻底完蛋。

突然手机响，她拿出手机挂断电话，看到有条陌生手机号发来的短信，打开一看："我是汪革，这里有你的视频。"完了，担心啥就有啥，这丢人现眼的事这么快就成新闻啦！这汪主任是什么人，成心整我吗？我啥时候得罪他了，还是有意抓个典型来伤害我校？这是要整死我啊！心里一阵惊慌后，她赶紧连上4G，不知自己在网上被浇了多少桶污水了！但网页一时又打不开，说是访问者太多，登录不上，她就更紧张了，这是什么新闻？怎么这么多人看？完了，丢大人了！看不到视频，她就给汪革发短信："请问怎么回事？"迟迟地，并没有震动声回应，她反复看手机，也不见回信；再点击网址，还是打不开。他怎么有我手机号？她突然犯疑，翻遍会方给的所有材料，没看见与会者联系方式一项，她又发短信问道："你怎么有我手机号？"迟迟不见回信，她心中真是万分焦灼。就在这等待的工夫，散会了。

走上过道，她正好看到在后两排边上就座的汪主任，她急忙赶上前喊道："汪主任，请您等一下，这是您发的短信吗？"翻腾书包，

199

她却找不到手机，无奈，只得把包里的东西一股脑儿都倒出来，而那几份习作再次暴露在光天化日之下。管不了那么多，对质要紧！终于找到手机，她指着短信，怒气冲冲地盯着他："是您发的吗？"

"不是。"汪主任似乎很不屑搭理这个小老师。

"哦……"他的拒不承认让她顿时无措，这是什么路子？居心叵测。

"我怎么可能有你的手机号呢？"汪主任反问一句。

"我也奇怪呢。"她想，还是先缓和态度，争取妥善解决。

并肩走出会场，她压低声音问道："您为什么说起一位老师在批改作文时非要指出是哪个学校？这样更有论说的力度吗？您不觉得这样不合适吗？我承认我的行为不得体，但我不想因为我个人的不当行为损伤了学校的声誉。"

"没事吧，你们校长不会在意的。"汪主任很不当回事地回应。

"我觉得您这样做很不合适，改两篇作文就是压力大啊，我觉得您对事情的定性不准确。"她努力要改变对方的观点，以挽回学校的荣誉。

"我只是想说老师压力大，教育生态要改变。"汪主任皱起了眉头，明明压力大，还不承认！

"改两篇文不能叫压力大，有人在会上睡觉玩儿手机，您怎么不说？我只是改了两篇文，您就拿我开涮。我包里经常放着文稿，随时都可看可改，这跟压力大没关系，这叫闲暇时间有效利用！"她努力给自己找合理解释，怎么也要从"追分一族"扭转过来。

"这不是一回事，人家那是放松娱乐……"汪主任不让步。

说话间两人到了路口，她要去坐地铁，他要去用餐，她狠狠地用眼刀剜了他一眼，说声"再见"，与他各走一方。

沿着马路牙子，她心头愤愤难释——真有这种人，踩着别人，提升自己，她算是倒霉碰上了，怎么跟学校交代啊?!

突然手机响起，又是那陌生手机号发来的短信——李老师，我是汪平的父亲，手机中毒了，千万别点击链接。抱歉!

汪革?汪平?汪平是她的学生，十年前毕业的，那时她是汪平的班主任，常与汪平爸爸——也就是汪革有联系。这十年，她换了多个手机，有些号码没有留存，哪记得这个号是谁的呢。

汪革不是汪主任!今儿这事儿，怎么就这么巧!两个姓汪的怎么都在一个时间点冒出来!这事闹的!快把她吓死了!还好还好，没成网红，没有闹大，没有把学校脸丢大，没有惹出大乱子，那……小命还可保吧?……

2018. 1. 23

追　求

随着舒缓的音乐响起，许平下课。

她走回办公室，拿出手机，发现教研室主任发来的短信："第八节课到 101 办公室，商讨赛课一事。"赛课？期中前的工作刚告一段落，明天开始监考，还想着能喘口气，怎么突然冒出这么一档子事！

101 办公室里，坐着同组的四位老师，年龄都在三十六七上下，主任说："你们几个现在是咱们组的老大难，都面临着职称评定的问题，要多参加赛课活动，多写论文。这个通知是我刚拿到的，你们传阅一下，谁想参加？"

文件从一个人手里传到另一个人手里，最后又传回到主任手中，谁也不吭声。

"怎么，没人参加？"主任笑眯眯地看着大家。

"高三老师就别参加了，太忙。"许平说了一句。

"是啊，这考试一场接一场的，每个专题还要大量做题，我累得腰都直不起来了。"雅君接着说。

"我一级刚评下来，离高级还远着呢，我不想做。"高一的刘心看着主任。

"许平，还是你做吧，你先评上了，减少一个名额压力。"高二的丽芬对许平说。

许平沉默，她心里盘算：去年就说有希望评上，辛辛苦苦做课、比赛，结果不是还没评上。

"许平，你来吧，这样的比赛，我以前参加过一次了，这次就不参加了。"雅君也劝许平。

许平还是犹豫，高三的工作量已经很大了，这赛课前前后后没两个星期拿不下来，自己有精力准备吗？再说，就是参加了，离评上高级还有多少距离，谁又说得清？

"综合大家的意见，就由许平参赛吧！"主任还是笑眯眯的。

散会了，大家走出办公室，在暮色苍苍中各自奔家。许平揣着书包带，边走边琢磨，都高三了，准备什么内容来参赛呢？

监考、阅卷、备课、讲评，这是近两周里许平的常规工作，繁重的工作之余她还要考虑参赛事宜。监考时，她脑子里想着授课内容；阅卷结束后，她飞速回家，半天坐在电脑前不挪窝地整理授课材料；除了每天的上课、面批，她还在其他班级进行了两次试讲，而每个晚上，她都是备课到一点左右才睡下。终于，正式录课了！

录课室里，许平提前半个小时到达，调好电脑设备，板书授课标题——"解读咏史诗中的昭君形象"。她把学案也端正地放在了每张桌上。静静地看着规整的一切，许平在心里梳理授课内容，猜测学生可能会有的应答。

课堂随着铃声准时开始。许平面带微笑看着学生："同学们，今天我们开始诗歌专题复习第一节课。从题材上划分，咏史诗是重要内容，我们借助四首关于'王昭君'的唐宋诗歌，复习诗歌鉴赏基本方法。先看第一首，大家齐读!"

洪亮的朗读声展现出学生极佳的精神面貌，许平感觉得到，学生们在努力配合自己，她的心中涌出些许感动。

"诗歌鉴赏，要重视诗眼，找到了没有?"随着许平话音一落，学生们就七嘴八舌地表达想法。许平示意加依达尔回答。

"是'愁苦'。"加依达尔似乎觉得问题不难，很确定地说。

这个答案不准确，许平沉稳地引导她："你先借助前两句思考人物形象特点，然后再判断'憔悴'和'愁苦'哪一个是诗眼。"

诗句并不艰深，加依达尔略作思考就给出了正确答案。许平高兴地表扬她，并提示大家总结判断方法。

按照既定思路，许平带领学生顺利地进行到了第四首诗歌的赏析，学生表现得比平时上课还棒，尤其是郑天爽和蔡雨，简直跟提前布置的托儿一样，回答准确到位。就在最后的鉴赏方法小结时，玛依拉突然举手。许平虽感唐突，但还是故作镇定地点头允许。

"老师，昭君既然待在匈奴贵为王后挺好的，她为什么还要思念故乡呢? 这不是矛盾的吗?"

"为什么不可以呢?"许平一时不理解学生的问题点在哪儿，怔怔地看着玛依拉。

看着玛依拉狐疑的眼神，许平意识到如此反问是不能算作解决问题的。一直以来，许平力求清楚解答学生在课上提出的每个问题，这就养成了她的学生有疑则问的习惯。可是今天! 此刻! 这可是比赛录课，又是快要下课的时候!

怎么突然冒出这么个奇怪问题呢? 许平的心弦突然抽紧，略略感到慌乱。

学生们也意识到老师卡住了，空气瞬间凝滞。

许平深吸一口气，看着天花板上的灯管。"每临大事先静气。"许平努力让自己平静下来。似乎是几秒钟的停顿，却显得极其漫长。突然间灵光闪过，许平想起师父的话："什么问题都贴着学生的生活去解释，就容易让他们理解。"

"你现在在北京还好吗？吃穿都不用担忧吧？"她问玛依拉。

"嗯。"

"那你会想家吗？"

"会的。"

"这不是一样的道理吗？身为皇后的尊贵并不能阻止她思乡啊！"

"哦——是的。"玛依拉点头认可了。

学生问题解除是老师上课最大的成就感，许平很高兴自己迅速解决了问题。心情的愉悦让她思维更加灵动，她意识到这正是一个呼应授课主题的极佳契机，于是她问道："同学们，王昭君远离故土，常有思乡孤寂之愁，还有环境难适之苦，可是她选择了和亲，带来了汉匈和睦五十年，这体现了一种什么精神？"

"牺牲个人，奉献国家的爱国精神。"刘慧一下子脱口而出。

"是的，所以，历史学家翦伯赞赞美她说：'汉武雄图载史篇，长城万里通烽烟。何如一曲琵琶好，鸣镝无声五十年。'请大家记住这位为国家和平发展做出巨大贡献的巾帼英雄，也希望大家在利益取舍上以国家大义为重！"许平顺畅地接回了原先设计的结尾内容，心中暗喜："刚刚好！"

下课后，许平表扬大家一节课饱满的精神状态，学生们也很开心，跟许平说："许老师，拿了大奖要请我们吃糖啊！"许平对自己也充满了希望，回应学生说："好的！一定！"

录完了课，许平又连着奋战两个晚上，洋洋洒洒写了几千字的教学设计，她在尽全力参与这次赛课活动。

时间在忙碌而充实的工作中匆匆流逝，一个星期过去了，一个月过去了，两个月后的一次备课组会上，许平得到了赛课结果——她落选了。

浓浓的失意裹住了她，又是这样的结局！上次做课拼了一个月，没成功；这次拼了两个星期，同样是不尽如人意。许平很沮丧，又是白努力，空欢喜。尤其是，如何跟学生们交代呢？

许平沮丧地坐在办公室里，对面的张老师看她蔫头耷脑的样子，问她怎么了。

"白忙活了一场！"许平解释道，"赛课落选了。"

"我看你录完课后状态很好啊！"张老师说。

"是，我个人感觉整体效果挺好的。怎么会是这样一个结果呢？"许平说着心中的不解。

"比赛的事，说不好哪个因素就起决定性作用了。你自己在课堂上有所收获，感到上课过程很快乐，这就是老师的幸福了。别太看重比赛！"张老师开导许平说。

是啊，那节课的心理挑战与应对，是自己最大的收获。从头到尾，师生配合得都挺好，这种师生相处的默契让她很快乐。怎么能叫白忙活呢？

许平渐渐释然，她望着张老师笑了。她决定买一大包糖果奖励给她可爱的学生们！

回到家里，许平把这次赛课的做课证明放进了粉色储物箱，满满一箱子评比职称所需材料：市区级公开课证书、论文证书、教学成绩证明……

"还可以再存点儿，再来点儿高级别含金量很高的，总有希望的。"许平在心里念叨着。

虽然总是忙忙碌碌，虽然时而感到失落，但是，生活的压力总是要求着人们再顽强一些。许平像千千万万个奋斗的中年人一样：生命不息，追求不止。

2018. 4. 21

半个馒头

轩轩从卫生间出来时，已经七点十分，这是最后的出门时限，然而他还没有吃主食。

"轩轩，把半个馒头拿了。"李萍以命令的口吻说道。

轩轩把半个馒头分成两半，拿了一小半。

"把那半个也拿着！"李萍心里想：一小点儿怎么撑得住四节课？

"我吃不了。"轩轩分辩。

"拿着！"李萍加大了声音，把轩轩的书包往椅子上一掷。

轩轩瞪大眼睛不解地看着李萍，澄澈的大眼睛分明在问"为什么？"

"必须拿着，听到没有？!"李萍看着儿子的眼睛，声音更大了——那是她能发出的最大音量，喉咙里似乎因为尖声大喊而有骨刺戳破了声带。

"拿着拿着，你吃不了我帮你吃。"爷爷在旁边劝。

轩轩不为所动。

"快拿着吧，电梯来了。"爷爷还在劝。

轩轩一动不动。他静静地看着妈妈。

李萍干脆拿着书包往沙发上一坐："不拿就不走！必须拿着！"

"电梯来了，走吧。"轩轩看了眼门外，央求李萍。

李萍不吭声，面如石雕般地坐在沙发上，眼睛定定地看着厨房门口投射进来的太阳光柱。

轩轩拿起那半个馒头，李萍起身，乘电梯，开车，去学校。

轩轩躺靠在后座上，一点一点地往嘴里塞馒头，塞得满满的，再慢慢嚅动他的嘴巴。十分钟后，轩轩手里还剩有馒头，嘴巴还在嚅动。

"吃不了就扔。"李萍在前排开车，微微向后侧头说。

"给我吧。"爷爷伸手去接馒头。

"爸，把剩的馒头给我。"李萍尽量用和气的声音说话。

轩轩从爷爷手里拿回馒头："妈妈给你。"

路上很堵，前面的车时开时停。"你先拿着，等会儿我取。"

这时红灯亮了，李萍慢慢踩住脚刹，手往后一伸，接住了轩轩递过来的馒头。

这是两个小疙瘩，被紧紧地攥成了小石头般的小小馒头子儿。

"轩轩，你现在还小，等你长大了，就不用当别人的出气筒了。"爷爷在轩轩旁边压低了声音带着愤怒与指责说。

"什么？"轩轩问。

"出气筒，知道吗？别人心里有气，就拿你撒气，就叫出气筒，知道了吗？"爷爷说着话，眼睛看着前面。

轩轩不吭声。

这时有一个车想加塞并线，李萍狠命地按响了喇叭，加速，车猛地一开、一刹。一路上，李萍像枪战片里所向披靡的战士，以最快速度，甩开所有想加塞想并线的车。如果坚持了自己，是不是就可以畅通无阻？

到了学校门口，李萍轻声说："轩轩，把安全带解了。"

轩轩低头，还没找到时，爷爷已帮忙解了。

"轩轩再见。"李萍说。

轩轩没有像往常一样——他没有说"妈妈再见"，没有隔着车窗跟妈妈挥手，他低着头跟着爷爷匆匆走了。

昨天晚上，丈夫吃完饭继续坐在沙发上打游戏，李萍吃完了正要起身离开，爷爷问丈夫："昨天买门票时，老年卡就是看了一眼，没登记什么的吧？"

"没。"

"那要是再拿一次，不又可以领一张门票了吗？"爷爷说。

丈夫没吭声。

李萍边收拾碗筷边想：这又算什么经济账？

"这样，奶奶那张半价票就不用买了啊。"爷爷缓缓地说。

因为轩轩已经一米二，丈夫仍坚持不用买票，为这事儿李萍已经跟丈夫吵了几次了，现在一听爷爷又想在买票的事情上占小便宜，她就很反感，这怎么教育孩子啊！

"人家不登记，看一眼也有个印象啊，你再去领，被人识破了，多尴尬。"她忍不住就说了。

"不会换个窗口啊。那就可以省掉六十块钱了。"爷爷说。

"老人小孩儿在一定年龄可以不买票，那是国家对老人小孩儿的照顾，到年龄就要买，没到年龄就不能享受，投机取巧，被人发现了，多丢人！"李萍要把这个道理讲清楚。

"奶奶到年龄了，老年证正在办，还没办下来。"爷爷说。

"没办下来就等办下来再享受。"李萍觉得一定不能让轩轩学着占小便宜。

"做事情要灵活啊，不能太死板，太死板做不成事情的。"爷爷停了停，"今天我去挂号，说要在自助机上挂，我不会啊，我请前面的人帮忙，要付钱了，用微信，我没有啊，我就走了，后来我一想，可以用别人的嘛，我就又重新排队，我又请别人帮忙，到最后付款时，我说：'我没有微信啊，你帮我付了，我给钱给你行不行？'人家就帮我付了。要不是灵活，今天的号就挂不成了，你还能带孩子看病？"爷爷很快想出了一个例证。

李萍不吭声了。

"是，做事情是要灵活。李萍，你这样在社会上是无法生存的。"丈夫看了一眼李萍。

"如果是这样，我就当这个笨蛋。"李萍心里很难受。

"妈妈不是笨蛋，妈妈最聪明了。"轩轩从饭桌上跑过来，依偎着妈妈。

"不占小便宜？那在 1959 年，你这种人就要饿死了。那时吃一口就活了，不吃那口就死了。"爷爷边歪着头吃菜，边带着嘲笑地甩过来一句。

"那我就饿死，但实际上，有些人就是饿死，也不能没有人格，没有气节。"李萍真的痛苦了。

"那你就清高吧！"爷爷还是觉得李萍太好笑。

"我就是清高，我就不占那小便宜。"李萍咬咬嘴唇。

"李萍，你可以有自己的观点，但不要让别人都接受你的观点，而且，你那套在社会上根本行不通。"丈夫劝道。

"你有你的观点，你不要想着把你的观点强加给我，我就是这样的。"爷爷挂着嘴角的嘲笑端着碗走向厨房。

"我没有把观点强加给你，怎么我说话就是强加观点，你说话就不是强加观点了呢?!"李萍有点儿愤怒了。

"妈妈，妈妈……"轩轩把妈妈往卧室推，并且给关上了门。

这是最好的结局了，李萍当然知道，一场争吵，若不是因为隔离，又要爆发了。一片漆黑中渐渐能看到窗外的亮光了，李萍渐渐适应了室内的黑暗，她努力平复自己的情绪，但她不明白，自己真的错了吗?

门外，隐隐地还有爷爷高声讲理："你们这些人，读了十多年的书，找到的工作也比较稳定，就知道书上那一套，根本不知道社会现实是什么。"

社会现实? 生存之道? 李萍的心里真的很痛苦。这几天，她一直在思考。难道爷爷说的就是有效适用的社会生存之道? 她也要生存，好好地在这个社会生存，坚持什么才能好好地生存呢? 她一直想做个干净的人，谈不上高尚，至少要干净啊。她希望孩子也能干干净净、快快乐乐、幸福地生活在这个社会上。

早晨，李萍似乎还不能从昨日的争吵中平复心情，人很是困倦。轩轩早晨向来赖床，从起床就哼唧，妈妈又有点儿生气。

李萍走到阳台平静了情绪，只管吃自己的。

轩轩也就不瞎闹了，吃了一个炒鸡蛋，喝完了一碗粥，然后走进了卫生间。

再然后，就是吃馒头，再然后，是爷爷和妈妈夹着轩轩的对峙。

李萍送完轩轩后去上班了，一整天在单位中辛勤忙碌，心情好了很多，但时不时地，家里的事就会冒上心头。

这几年她身体也不好，淋巴结、乳腺增生、子宫囊肿，爷爷有高血压，她知道要控制自己不去争吵，但为什么还是没忍住呢？

让老人回老家吧，自己和丈夫又整不了孩子。就像今天，白天上班，晚上加班，哪有时间接孩子做饭？

有爷爷奶奶帮衬着，饭有了，孩子有人接了，可是这观念冲突，怎么能够沟通，心气怎么能够捋顺？李萍早就意识到家庭和睦是孩子最好的成长环境，但是两个原生家庭的观念不一样，又互不让步。和丈夫的婚姻还在，家庭还在，但却是裂痕道道。李萍和爷爷矛盾冲突的背后是不同的生存之道，这几年一直磕磕碰碰，怎么相处呢？谁又不想好好地活在这个社会上呢？

2018. 11. 17

送件外套

晚上十点到家，看下明日的天气预报，给囡囡准备了毛衣、校服，再加一件羽绒背心，应该可以了吧。

早晨，帮囡囡拉上羽绒背心的拉链，娘儿俩出门了。

一上车，就觉得凉。

"囡囡，冷吗？"

"冷。"

"把手给我摸摸。"

囡囡的手心温温的，不热，但也不凉。

"还行！"妈妈安慰囡囡，"你们今天坐的地方是阴凉地吗？"

"昨天去看了，是阴凉地。"

囡囡的话让妈妈心里越发不踏实了。"那我送完你，回家给你取外套送来，行吗？"

"不行。"

妈妈虽然想取外套，但也不知怎么送给她。必须先联系上班主任，班主任给传达室打电话，然后才能进校门，一早上班主任肯定会很忙碌，电话不一定能接到。再说班主任昨天也叮嘱校服外加厚外套。囡囡也许是知道这里面的麻烦，两人都不吭声了。

这七度的早晨怎么这么凉呢！妈妈穿了棉线衣加毛呢坎肩，也觉得不抵寒凉："囡囡，如果特别冷，就跟老师说：'老师我特别冷，能回班吗？'你冻成那个样子，老师肯定能理解的。"

"嗯。"

囡囡应下来了，可她真的敢在冷的时候去找老师吗？

囡囡下车了，小手塞在兜里，缩着脖子，走进了学校。

妈妈看到高高的楼房下放满了小蓝板凳，大楼的阴影笼罩了一切，阳光的温暖是不能奢望了，十点钟，三点钟，阳光能照进来吗？运动会要开一天，这一天怎么坐得下来呢？她要是冷了，会想办法吗？

妈妈开车到单位，飞速跑进了卫生间，她一着凉就闹肚子。

走进办公室，空调已经打开，室内温暖如春，她透过窗户，看到外面的槐树被风吹得左摇右晃，风真不小啊，囡囡坐在阴冷的地方，要是不背风，她能抗得住吗？

妈妈开始责备自己考虑不周了，知道今天温度低，知道今天囡囡都在室外，怎么还是给她穿少了呢？！

一个小时过去了，妈妈心神不宁，不能静心做自己的事情。算算时间，距离开会还有一个小时，如果取外套送给囡囡应该来得及，这样就不会冻着囡囡了。

终于，她还是跑出了办公室，回家，取厚外套，为了防止堵车赶不回单位，她骑上自行车飞向囡囡学校。

"师傅，我找一一班的李嫣然。班主任是孙晓东老师。给她送外套。"

"不行，你不能进来。"

"师傅，那能让孩子来取吗？我不进去。"

门卫看了看操场上按片儿划分的班级，答应了。

孩子给领来了，小鼻子小眼冻得红红的，一看见妈妈就咧着嘴笑。妈妈心疼地把外套递给她："快穿上……去吧。"

囡囡笑着跑回去了。

"师傅，一年级坐哪儿了啊？"

"里面。"门卫朝东边那楼道间一努嘴。

"没太阳哈？"

门卫点点头，眼神里有一份理解。

"谢谢您啦！"妈妈冲着门卫拱手连连作揖。

妈妈骑上自行车赶去单位，她庆幸，多亏把外套送来了！这大冷天的！

这一早晨，这个妈妈就纠结着一件外套，在孩子的事情上，她总是要想很多，要顾虑很多。她想，孩子的事情，不管多麻烦，都要试着去做一做。

2019. 10. 12

等 人 来

我是一把古琴，一把不完美的古琴。我的第五根弦莫名地音色不纯，这让我的一生落寞许多。

今天，又是一场演奏会，我又像往常一样被摆放到了后台供人选用。我将像往常一样被冷落吗？

一阵纷乱的脚步声响起，五位演奏家昂首阔步地走了进来。落座，拨弦，倾听。听啊，我身边那把琴，音色多么完美，穿透尘埃，绕梁不绝。而我，真是抱歉，有位演奏家轻拂我的七根琴弦，我的第五根弦，不和谐地发出了沙沙声。如果不是身上的红漆遮掩，谁都能发现我窘迫的脸色。他起身，张望，走向了另一把琴。这是我常有的经历，我一直都是这样被人嫌弃。那为什么还要把我放到这里？我……我……我多么想登上舞台一展歌喉啊！我还有六根很出色的、任何一把琴都无法媲美的琴弦呢！

台上，演奏家们你方奏罢我登场，一把把古琴响起美妙的音符。是《酒狂》吧？我看到阮籍酒醉神迷时那愤然的神态了，时而低沉，时而激昂，是刚才我身边那把琴弹奏出来的吗？它真幸运，它一定很快乐，很幸福。是《幽兰》吗？空谷幽兰，高雅清新，这把琴一点儿杂音都没有，特别适合演奏这首古曲，选它的演奏家真有眼光！而它逢遇此人此曲又是何等幸运？一首首古曲在音乐厅里奏响，听众们梦回古代，思接先人，情续旧事。是我们古琴，传递华夏千年文明，身为一把古琴，我多么骄傲！台上的一把把古琴担起了它的使命，而我……我……我却没有机会登上舞台。

一位老者走进了后台，他鹤发童颜，步履稳健。他是来选琴的吗？他来得有点儿迟，好琴都被选走了。他，他向我走来了！落座，拨弦，静听。当他的手指拂过我的第五根弦时，我紧张得绷直了身子，"嗡——"我像打了一个大嗝。老者略微歪了一下脑袋，又一次拂动琴弦，"噔——嗯——"好澄澈，好松透！这是我的五弦发出来的声音？——我的头有点儿眩晕，让我静一静，是的，是我！我可以这么好听的！老者微微一笑，抱起我走向前台。

随着老者登台，会场上响起雷鸣般的掌声，看来他是一位深受听众喜爱的艺术家。老者走至琴桌，安放古琴，调弦定音。他的手指划过我的琴弦，音符如溪水流动，是《忆故人》。我喜欢这个曲子，我深情而悠扬地哼唱着。会场好安静，似乎只有我一张琴存在，琴声响彻屋宇。奇怪，我的五弦，怎么一丝杂音都没有了呢？七根琴弦，随指吟唱，时而喃喃细语，时而切切关怀，时如秋风拂发，时如细雨敲窗。故人幽思，委婉细腻。老人家真会弹奏，我从没想到过自己可以把曲目演绎得如此精彩……

回到后台，老者坐在我的身边，慢品清茶。

一位年轻人走了过来，好像是第一次来我身边选琴的那个人。

"龚老师，冒昧地打扰您一会儿。"年轻人恭敬地垂手站立。

老者抬头看着他，未语。

"刚才您是用自己的琴演奏的吗？……是这样的，我一直想找一把音质最佳的古琴。您刚才弹奏《忆故人》时，那把琴，声声动人，我特别喜欢。您，能卖给我吗？"

"我没有带琴来。"老者把手一摊，"好琴娇气，坐飞机带琴太不方便了。我用的就是这把琴。"

"这把？"年轻人似乎认出了我，"我能试一下吗？"

老者起身让座。

年轻人落座，拂弦：5——6——1——2——3-咝——5——6

天呀！我又没唱好！这……这是怎么一回事？难道老者有特异功能？

"是这把琴，龚老师，这把琴我试过一次。它的五弦有问题。"

"金无足赤，人无完人，难道琴就必须是完美的？我来弹弹。"

老者落座，拨弦：5——6——1——2——3——5——6——

声声悦耳，纯粹明亮。

看着年轻人困惑的眼神，老者抬起右手向年轻人示意，他无名指指肚微斜，再拂我弦，又是一样的好听。

"弹琴人微做调整，是能够扬长避短的。这把琴，有其他古琴难以企及的音色。"

听闻此言，我泪流满面，这样的演奏家，一世难遇，若不是他，我一辈子都要落寞后台了。真是"千里马常有，而伯乐不常有"啊！

2022. 4. 17

后　记

2016 年 4 月，我随徐校长参加一个文学会议，路上，徐校长说："好好写，等着看你的作品集。"我笑而未言，心中压力山大。六年过去，这个作品集终于成形，我完成了徐校长交给的任务，也是对自己这么多年练笔做个总结。

2006 年，我来到潞河中学，成为一名语文老师，从那时起，教研室主任王友珍老师安排我开设文学社校本课，后来恢复校刊《潞园》，组织潞园文学社，在中学做文学的事情，已经十六年了。作为语文老师，我的师父黄耀新老师对我说："要能写几笔，最好还能画几笔。"作为文学社指导老师，我若拿不起笔，也实在说不过去。我自认只是一个文学喜爱者，实在喜欢闻那文学的芳香，但是作为文学创作者，我相距太远。然而，处在这样的位置上，我没有任何理由可以不练笔。从工作到现在，有过两三年停笔，很多时候是能坚持读写的，零零碎碎的，二十万字总有的，今年，借着校庆的喜气儿，我整理出十余万字。

我的这个作品集，总的来说，可以称作下水文集，给教学班的学生写记叙文、议论文、读书笔记；给文学社的社员写散文、戏剧、

220

小说。以前没想着整理下水文作为作品集，所以没有细心地把每篇文章针对什么问题而记录下来，现在看着，深感遗憾。总览这些文章，还是能够看到有意识地在凸显章法：记叙文叙述事件，生动形象；议论文阐说道理，有证有论；散文有真情；戏剧有冲突；小说有故事。我在作文教学上，努力探寻有效的写作方法，我自己先实践总结，然后将确实可操作的写法教给学生，面对写作的暗箱，做一点儿是一点儿，师生有心为之，还是能有点儿成绩的。

这十余万字中，有我十多年的生活。写作源于生活，我的教学、家庭，还有社会事件、路上见闻，都是我的写作素材，日常有所触动，则提笔行文，所写之文既反映我这十多年的经历，也沉淀我这些年的思考。整理文稿中，十多年的生活复活了，过去，以文章的形式被留存了下来。在被迫练笔中，我保存了自己的生活，挺好。这学期我读完了《古文观止》，古人的生活、思想，在阅读中触摸可得；而我现在也可以在文稿阅读中回味自己的过去，这正是文章的妙处。

最后，感谢学校给了我这次文稿结集的机会。适逢潞河中学一百五十五周岁，我以此文集作为生日薄礼献上！祝福她风华依旧，桃李芬芳！

作者

2022.2.11

图书在版编目（CIP）数据

铸艺／韩丽著. -- 北京：中国文史出版社，
2022.10

ISBN 978-7-5205-3599-1

Ⅰ. ①铸… Ⅱ. ①韩… Ⅲ. ①中国文学-当代文学-
作品综合集 Ⅳ. ①I217.2

中国版本图书馆 CIP 数据核字（2022）第 132691 号

责任编辑：卢祥秋

出版发行：**中国文史出版社**

社　　址：北京市海淀区西八里庄路 69 号院　　邮编：100142

电　　话：010-81136606　81136602　81136603（发行部）

传　　真：010-81136655

印　　装：北京新华印刷有限公司

经　　销：全国新华书店

开　　本：720×1020　1/16

印　　张：14.75　　　字数：156 千字

版　　次：2022 年 10 月第 1 版

印　　次：2022 年 10 月第 1 次印刷

定　　价：56.00 元